OETINGER TASCHENBUCH

Salah Naoura, geboren 1964, studierte Deutsch und Schwedisch in Berlin und Stockholm und arbeitete zunächst zwei Jahre als Lektor in einem Kinderbuchverlag. Seit 1995 ist er freier Übersetzer und Autor. Er hat zahlreiche Kinder-, Jugend- und Sachbücher übersetzt und eigene Kinderromane, Erstlesebücher, Gedichte und Geschichten für Kinder veröffentlicht. Seine Übersetzungen wurden mehrfach ausgezeichnet, unter anderem mit dem LUCHS des Jahres, gestiftet von der ZEIT und Radio Bremen.

Salah Naoura

Konrad & Krax

Das Geheimnis von Mrs Stone

Mit Illustrationen von
Regina Kehn

Oetinger Taschenbuch

Außerdem von Salah Naoura bei Oetinger Taschenbuch erschienen:

Herr Rot in Not

MIX
Papier aus verantwortungsvollen Quellen
FSC® C083411
FSC www.fsc.org

Das Papier dieses Buches ist FSC®-zertifiziert und wurde von Arctic Paper Mochenwangen zu 25 % aus de-inktem Altpapier und zu 75 % aus FSC®-zertifiziertem Holz hergestellt. Der FSC® ist eine nicht staatliche, gemeinnützige Organisation, die sich für eine ökologische und sozialverantwortliche Nutzung unserer Wälder einsetzt.

1. Auflage 2013

Titelbild und Illustrationen: Regina Kehn
Erstmals erschienen im Tulipan Verlag 2008 unter dem Titel
Konrad, Krax und das Zeichen der Zebrafrösche
Druck: CPI – Clausen & Bosse, Leck
ISBN 978-3-8415-0240-7

www.oetinger-taschenbuch.de

Für Maschi

Inhalt

In der Abflughalle des Flughafens von Bombay wimmelte es wie in einem Bienenstock. Menschen mit Koffern und Taschen drängten hastig aneinander vorbei, Lautsprecheransagen hallten durch den Raum, Kinder weinten, Eltern schimpften, und irgendwo gackerte ein Huhn.

Mitten im dichtesten Gedränge standen zweihundert Frauen, die sich umarmten und verabschiedeten. Auf ihren Stirnen klebten glitzernde Silbermonde, und alle trugen lange wallende Kleider mit Silberfäden oder angenähten Glöckchen, die beim Gehen leise bimmelten.

Es war eine seltsam bunt gemischte Gruppe, die sich dort versammelt hatte: japanische Wahrsagerinnen mit Stäbchen im Haar, afrikanische Hellseherinnen mit leuchtenden Kopftüchern, australische Kartenlegerinnen, europäische Kräuterfrauen und zwanzig Kaugummi kauende Gedankenleserinnen aus New York.

In der indischen Stadt Bombay war an diesem Morgen das dritte internationale Treffen des Vereins der Hellsichtigen Heilerinnen zu Ende gegangen, und nun flogen alle zweihundert

Teilnehmerinnen wieder zurück nach Hause, jede in einen anderen Winkel der Erde.

»Also, ihr könnt mir sagen, was ihr wollt, ich spür hier deutlich negative Schwingungen«, schnaufte die dicke Ambrosia gerade und fächelte sich mit ihrem Flugticket Luft zu. »Im Ernst, ganz negative Schwingungen, so etwas fühle ich einfach!«

Die Hellsichtigen Heilerinnen waren ein Verein für Frauen mit übersinnlichen Fähigkeiten, und die dicke Ambrosia bekam immer so ein verdächtiges Zucken im Zeh, wenn sich ein Unglück zusammenbraute.

Neben Ambrosia stand ihre beste Freundin Mizzi Stadlhuber, eine drahtige Yogalehrerin aus Wien. »Also, es war wirklich saaagenhaft«, sagte sie. »I hab sooo viel positive Energie getankt. Und das Dollste ist, dass wir dich kennengelernt haben, Arabella! Du bist ein Goldschatz!«

Arabella Kerbel lachte. Sie war eine kleine, mollige Frau mit wilden roten Locken. Ihre Füße steckten in ausgetretenen Gesundheitssandalen, und an ihrem blauvioletten Streifenkleid baumelten kleine Silberkugeln an bunten Bändern.

»Krah!«, kreischte der Rabe, der auf Arabellas rechter Schulter hockte.

»Du natürlich auch, Krax!«, kicherte Mizzi.

»He, kreisch mir nicht so ins Ohr!«, schimpfte Arabella.

Der Rabe drehte beleidigt den Kopf weg, hüpfte von ihrer Schulter und landete mit einem einzigen Flügelschlag auf der Babytragetasche, die Arabella auf dem Boden abgestellt hatte. Krax hockte sich auf den Rand des Sonnenverdecks, senkte den Kopf und lugte neugierig hinein.

»Er ist der beste Babysitter der Welt!«, sagte Arabella und lachte, dass ihre roten Korkenzieherlocken nur so auf und ab wippten.

»Kann er sprechen?«, fragte Mizzi.

Krax legte den Kopf schief.

»Er versteht alles«, sagte Arabella. »Aber mit dem Sprechen hapert es leider noch …«

Die dicke Ambrosia stöhnte schon wieder auf. »Mizzi, im Ernst, mir ist gar nicht wohl bei dem Gedanken, dass wir gleich in dieses Flugzeug steigen«, jammerte sie und wedelte sich mit ihrem Flugticket die Schweißperlen von der Stirn.

»Wartet, das haben wir gleich«, sagte Arabella und ließ den kleinen Reiserucksack von ihrem Rücken zu Boden plumpsen. »Wo ist denn mein Pendel? Hoffentlich … ah, Gott sei Dank, da ist es ja!« Ihre Hand, die in den Tiefen des Rucksacks verschwunden war, zog ein Schächtelchen heraus. »So, nun zeigt mal her!«

Mizzi und Ambrosia streckten Arabella ihre beiden Flugscheine hin, und sie öffnete die Schachtel, in der das Pendel lag: eine feine, dünne Kette mit einem Anhänger. Er war aus Messing und hatte die Form eines umgekehrten Tropfens.

Die drei Frauen steckten die Köpfe zusammen, und Arabella hielt das Pendel über die Tickets. Drei gespannte Augenpaare richteten sich auf den Messingtropfen – genauer gesagt vier, denn der Rabe hatte sich geduckt und spähte nun neugierig unter Arabellas Kinn hervor.

Erst langsam, dann immer schneller begann sich das Pendel im Uhrzeigersinn zu drehen.

»Also, das ist ganz eindeutig«, erklärte Arabella. »Wenn es sich so heftig rechtsherum dreht, sind da nur positive Schwingungen!«

»Komisch, vielleicht liegt's an der Hitze«, keuchte Ambrosia.

»Wir müssen los!«, mahnte Mizzi.

Sie verabschiedeten sich. Zuerst umarmte Mizzi Arabella, und dann umarmte Arabella Ambrosia, und Ambrosia weinte zwei kleine Tränen vor lauter Rührung – oder weil sie Angst hatte, trotz ihrer unguten Vorahnung, in das Flugzeug zu steigen.

Mizzi drückte Arabella noch schnell eine Tüte in die Hand. »Hier, zur Erinnerung«, sagte sie.

Arabella spähte hinein und sah eine große Pappschachtel. Und als sie die Schachtel öffnete, lag darin eine echte Kristallkugel für Hellseherinnen!

»Das kann ich doch nicht annehmen!«

»Ah geh, i hab gleich drei davon gekauft«, erklärte Mizzi. »Die san spottbillig hier.«

»Aber … ich kann doch gar nicht hellsehen!«

»Eben drum, du musst es üben!« Die Mizzi winkte. »Alles Gute, vergiss uns nicht!«

»Und schreib uns!«, rief die dicke Ambrosia noch.

Im nächsten Moment waren die beiden in der Menge verschwunden.

Aus der Babytasche ertönte ein leises Wimmern.

Arabella ging einfach los und schaukelte die Tasche im Takt ihrer Schritte: eins, zwei, drei, vier, schaukel, schaukel … Sie beschloss, einen Kaffee trinken zu gehen, denn bis zum Abflug waren noch zwei Stunden Zeit. Eins, zwei, drei, vier … Der Rabe landete mit einem mächtigen Flügelschlag auf der Tasche und ließ sich mitschaukeln.

Im Flughafencafé war es sehr voll, aber Arabella entdeckte noch einen freien Platz. An dem Tisch saß bereits eine elegante Dame in einem schwarzen Mantel und mit schwarzen Handschuhen. Ihr Gesicht war halb verdeckt, denn auf dem Kopf trug sie einen schwarzen Hut mit Schleier, der ihr bis über die Nase reichte und aussah wie ein spinnenfeines Netz. Unterhalb des dunklen Schleiers leuchtete ein rot geschminkter Mund.

»Dürfte ich mich dazusetzen?«, fragte Arabella.

Die elegante Unbekannte drehte ihren Kopf. Einen Moment lang schien sie den Raben auf Arabellas Schulter anzustarren – so genau ließ sich das nicht sagen, weil ihre Augen unter dem Schleier kaum zu sehen waren. Dann nickte sie, öffnete ein kleines silbernes Etui, das vor ihr auf dem Tisch lag, und entnahm eine Zigarette.

Es war wohl eine sehr vornehme Dame, die dort in dem Café saß, denn sie zog ihre Handschuhe nicht aus, während sie sich ihre Zigarette anzündete. Und noch viel vornehmer war, dass sie am rechten Ringfinger über ihrem Handschuh einen großen Diamantring trug.

Arabella stutzte, als sie ihre Babytragetasche auf die Sitzbank hob, denn dort, neben der Dame in Schwarz, stand bereits eine Babytasche. Und noch viel merkwürdiger war, dass diese Babytasche tatsächlich genauso aussah wie ihre eigene: dunkelblau und mit einem Verdeck am Kopfende als Sonnenschutz.

Die Schleierdame hatte es offenbar ebenfalls bemerkt, denn sie hielt inne und starrte auf Arabellas Tasche. »Ein Junge?«, fragte sie.

»Nein, ein Mädchen«, sagte Arabella.

Der rot geschminkte Mund der Dame blies ein wenig Rauch zur Seite und lächelte.

»Hat sie nicht wunderschöne, magische Augen?«, sagte Arabella. Inzwischen war ihr Baby wach geworden und blickte die Schleierdame an.

Die Fremde nickte.

»Die hat sie von mir geerbt … Hast du doch, nicht waaahr, mein Schatz?«

Die Dame zuckte ein wenig zusammen, und von ihrer erhobenen Zigarette fiel ein bisschen rot glühende Asche herunter auf ihr schwarzes Kleid, wie eine winzige Sternschnuppe. Sie drückte ihre Zigarette aus und hob mit beiden behandschuhten Händen vorsichtig ihren Schleier, um das kleine Mädchen genauer zu betrachten.

Es war eine ziemlich geheimnisvolle Dame, fand Arabella, aber die beiden kamen miteinander ins Gespräch, tranken Kaffee, und Arabella erzählte ein bisschen von ihrem Kräuterladen, den sie vor Kurzem eröffnet hatte – darauf war sie sehr stolz –, und von den Hellsichtigen Heilerinnen und außerdem von Krax, ihrem Raben, den sie vor einem Jahr in Lissabon gekauft hatte. Natürlich wollte die Dame wissen, ob er sprechen konnte – Arabella kannte das schon, fast jeder fragte sie danach.

Schließlich musste die Dame aufbrechen und erhob sich. Arabella begleitete sie zurück in die Abflughalle, und kurz vor der Passkontrolle merkte sie plötzlich, dass sie die Tüte mit der Kristallkugel in dem Café vergessen hatte!

Das Schlimme war, dass Arabella jedes Mal furchtbare Panik bekam, wenn sie irgendetwas vergaß oder liegen ließ. Dann hatte sie das Gefühl, schrecklich dumm zu sein und immer nur alles falsch zu machen – was gar nicht stimmte, aber so war dieses Gefühl eben, sie wusste selber nicht, warum. Manchmal hatte sie sogar schon vorher Angst, dass sie etwas vergessen würde.

»Können … könnten Sie kurz aufpassen, ich … bin gleich wieder da«, stammelte sie.

Die Dame in Schwarz nickte, und Arabella hastete den Korridor zurück bis zum Café und sah sich suchend um. Ein Glück, die Tüte mit der Kristallkugel stand immer noch auf der Sitzbank!

Als sie zurückkam, wirkte die schwarz gekleidete Dame erleichtert. Sie hatte es eilig und befürchtete, ihren Flug zu verpassen. Die beiden Frauen verabschiedeten sich, und Arabella schnallte sich ihren Rucksack wieder auf den Rücken und griff nach ihrer Babytasche.

Die Schleierdame lächelte ihr noch einmal zu, dann verschwand sie im Gedränge.

Der Rabe, der die ganze Zeit auf dem Rucksack gehockt hatte, erhob sich plötzlich kreischend und flatterte ihr hinterher, sodass die Leute erschrocken die Köpfe einzogen.

»Krax!«, rief Arabella. »Komm sofort zurück! Was soll denn das?« Im nächsten Moment hörte sie ein Geräusch, das ihr das Blut in den Adern gefrieren ließ. Ganz leise nur, kaum wahrnehmbar, und dennoch war es das Furchtbarste, was Arabella je gehört hatte: Aus der Babytasche drang ein leises Wimmern, aber das Kind, das da wimmerte, war nicht ihr eigenes! Es war eine andere Stimme. Es war nicht ihr Kind!

Inzwischen hatten zwei Flughafenwärter mit schwarzen Turbanen auf dem Kopf den Raben eingefangen und hielten ihn fest. Der Vogel kreischte. Ringsum schimpften die Leute.

Aber Arabella sah und hörte es nicht. Das Einzige, was sie sah, war, dass die schwarz gekleidete Dame gerade in diesem Moment durch die Passkontrolle ging, und in ihrer Hand trug sie die falsche Babytasche!

Arabella stieß einen Schrei aus und wollte der Schleierdame hinterherrennen. Aber die Beamten hielten sie fest und verlangten ihren Pass.

Sie versuchte, ihnen alles zu erklären, aber niemand verstand, was sie sagte, und die Dame in Schwarz war inzwischen schon weit, weit weg, wurde kleiner und kleiner und bog schließlich um eine Ecke.

Arabella griff hastig in die Tasche ihrer Glitzerspiegeljacke, um ihren Pass herauszuholen … Aber er war nicht da!

Ihre Hände begannen zu zittern. Sie durchwühlte die ganze Jacke, aber von dem Pass fehlte jede Spur!

Sie hatte das Gefühl, den Boden unter den Füßen zu verlieren. Alles kam ihr vor wie ein schrecklicher Albtraum. Sie wollte den Rucksack absetzen – vielleicht steckte der Pass ja dort. Aber im nächsten Moment begann sich alles um sie herum zu drehen, ihre Knie knickten ein, und dann wurde ihr schwarz vor Augen …

Zebrafroschalarm

Arabellas Kräuterladen
Inhaberin: Arabella Kerbel

stand auf dem Messingschild über dem Eingang. Die Tür war nicht sehr breit, denn es war das älteste Haus der ganzen Stadt, ein schmaler Fachwerkbau mit dicken, knorrigen Holzbalken, die bei Sturm knarrten und ächzten wie die Planken eines alten Segelschiffs auf hoher See. Mit den Jahren waren die Wände krumm und schief geworden, und an manchen Stellen hatten sich Beulen gebildet, so alt war das Haus. Glücklicherweise stand es zwischen zwei Nachbarhäusern und konnte sich ein wenig abstützen – links an einem Bonbonladen und rechts an einer alten Apotheke.

In dem Fachwerkhaus wohnten Arabella Kerbel, Konrad und der Rabe Krax. Der Laden befand sich unten im Erdgeschoss. Darüber, im ersten und zweiten Stock, waren die Wohnräume und Arabellas Werkstatt, und ganz oben, direkt unterm Dach, lag Konrads Kammer mit den schrägen Wänden und einem kleinen Waschbecken, bei dem der Wasserhahn tropfte.

Inzwischen war Konrad schon fast elf, ein schmaler, manchmal etwas blasser Junge mit glatten braunen Haaren und einer Nase, die ihm ein bisschen zu lang vorkam.

Konrad hatte keine Ahnung, wer seine Eltern waren. Manchmal fand er das schlimm und manchmal nicht. Er lebte schon bei Arabella, seit er sich erinnern konnte, und sie hatte sich immer um ihn gekümmert, als sei sie seine richtige Mutter. Sie war eine warmherzige, etwas mollige kleine Frau mit wilden roten Locken, und sie liebte Konrad, und Konrad liebte sie. Das Problem war bloß, dass sie so völlig anders war als andere Mütter.

Gewöhnliche Dinge mochte Arabella ganz und gar nicht. Sie trug merkwürdige Kleider mit angenähten Glöckchen, die beim Gehen leise bimmelten. Das war manchmal sehr praktisch, zum Beispiel, wenn sie spätabends die Treppe zu Konrads Dachkammer hinaufstieg, um nachzusehen, ob er auch wirklich schlief. Oft war Konrad nämlich noch wach und bastelte an seinen Flugzeugmodellen herum. Dann hatte er jedes Mal genügend Zeit, rasch das Licht auszuknipsen und ins Bett zu springen, bevor Arabella die Tür einen Spaltbreit öffnete und ins Zimmer lugte.

Auch ihre Haustiere waren ungewöhnlich: Sie besaß einen Raben, einen Karpfen und eine ganze Menge Frösche. Den Karpfen hatte sie letztes Jahr zu Weihnachten gekauft, er war eigentlich als Festessen gedacht gewesen. Aber dann hatte sie es einfach nicht übers Herz gebracht, das arme Tier zu schlachten, und ihm deswegen im Bad ein sehr schmales, hohes Aquarium gebaut, das bis fast unter die Decke reichte – für ein ganz normales war der Raum nicht breit genug. Das Aquarium stand am Fußende der Badewanne, und nun schwamm der Karpfen darin umher, was sehr hübsch war, denn so konnte Konrad in der Wanne liegen und ihm dabei zugucken, wie er mit seinen Brustflossen wedelte und dicke Blubberblasen aufsteigen ließ.

Das Sonderbarste an Arabella aber war, dass sie felsenfest daran glaubte, eine Hexe zu sein. Natürlich keine von der Sorte, die Kinder fressen oder auf Besen reiten wie im Märchen. Sie war eine *moderne* Hexe: Sie legte Karten, um in die Zukunft zu schauen, und versuchte Gedanken zu lesen (besonders die von Konrad). Und sie braute Wundermittel und stellte Kräutersalben her.

Jeden Morgen, bevor Konrad in die Schule ging, holte Arabella ihr Pendel und ließ es über Konrads Kopf kreisen, um sein Energiefeld zu überprüfen. Drehte sich das Pendel rechtsherum, war alles in Ordnung. Drehte es sich jedoch linksherum, dann waren Konrads Schwingungen leider negativ – das konnte zum Beispiel daran liegen, dass er mit schlechter Laune aufgestanden war und keine große Lust hatte, zur Schule zu gehen. In solchen Fällen holte Arabella einen Heilstein und drückte ihn Konrad in die linke Hand. Den sollte er den ganzen Vormittag über festhalten.

»Spürst du schon, wie warm deine Hand wird?«, fragte sie dann. »Das ist die Energie des Steins, die dich positiv auflädt! Spürst du's?«

»Ja«, log Konrad jedes Mal. In Wirklichkeit spürte er gar nichts. Er hielt das alles für kompletten Unsinn, aber weil er keinen Streit wollte, nahm er den Stein einfach und trug ihn bis zur Ecke von Erwin Plasters Apotheke. Dann winkte er Arabella noch einmal zu, bog in die Querstraße ein und steckte den Stein in seine Hosentasche.

Konrad fand es manchmal sehr anstrengend, eine *Hellsichtige Heilerin* als Mutter zu haben. In Arabellas Haus musste man ständig damit rechnen, dass irgendwelche seltsamen Dinge geschahen, und wenn es eines gab, was Konrad ganz und gar nicht leiden konnte, dann waren es seltsame Dinge. Am liebsten wäre er ein ganz normaler Junge gewesen, mit ganz normalen Eltern, so wie andere Kinder auch. Aber Arabella war eben nicht normal, und in letzter Zeit ärgerte sich Konrad immer öfter über sie – so auch an jenem Spätsommerabend im August, als er in seinem Bett lag und gerade einschlafen wollte.

Es war eine warme Nacht. Am Himmel hing ein dunkelgelber Vollmond wie eine leuchtende Riesenpampelmuse, und sein Licht fiel in Konrads kleine Dachkammer und tauchte alles in ein warmes, schummriges Orange.

Konrad lag ganz ruhig da. Durch das Fenster wehte ein leichter Wind herein und bewegte die große Vogelschaukel, die am Fußende des Bettes von einem der Deckenbalken hing. Auf der Schaukel saß der Rabe Krax und schlief. Sie war oben an einem Ring aufgehängt, und als sie sich nun leise quietschend im Luftzug zu drehen begann, hob der Rabe kurz den Kopf und klappte verschlafen ein Auge auf. Dann vergrub er den Schnabel wieder unter seinem rechten Flügel und schlief weiter.

Konrads Augen wurden immer schwerer und schwerer, und gerade als sie ihm so richtig zufallen wollten, hörte er ein seltsames Geräusch:

Kwörk!

Was war das? Es klang so ähnlich wie das Knarren einer alten Holzdiele oder wie das Quietschen von Konrads neuen Sandalen …

Im nächsten Moment verspürte Konrad ein leichtes Druckgefühl auf seinem Bauch. Komisch, dachte er. Vielleicht habe ich zu viel zum Abendbrot gegessen?

Kwörk! Da war es wieder. Diesmal ganz nah!

Konrad hob den Kopf. Direkt vor seinem Gesicht saß auf der Bettdecke ein fetter, schwarz-weiß gestreifter Frosch und glotzte ihn aus großen, dunklen Augen an.

»Igitt!« Erschrocken fuhr Konrad hoch, riss dabei die Bettdecke mit, und der Frosch flog in hohem Bogen bis zum Schreibtisch … Es gab ein kurzes, knackendes Geräusch.

»O nein!« Er war genau auf Konrads neuem Flugzeugmodell gelandet. Konrad hatte ewig gebraucht, um es zusammenzubauen. Den ganzen Abend hatte er an seinem Tisch gesessen, um die letzten winzigen Teile zusammenzuleimen. Er liebte Flugzeuge über alles und wollte später unbedingt Pilot werden.

»Du blödes Biest!« Kein Zweifel, es war einer von Arabellas Zebrafröschen. Aber der gehörte eigentlich in das Terrarium, das unten in der Werkstatt stand. Wahrscheinlich hatte Arabella wieder mal vergessen, den Deckel ordentlich zu schließen, und eins der Tiere war entwischt.

Und wenn nun alle zwanzig ausgebrochen waren? Vielleicht hatten die Frösche sich im ganzen Haus verteilt …

Konrad warf einen Blick zum Digitalwecker, der auf dem Nachttisch stand: Es war kurz vor Mitternacht.

Er überlegte gerade, ob er Arabella wecken sollte, als plötzlich ein ohrenbetäubender Knall das ganze Haus erzittern ließ. Konrad schreckte zusammen und klammerte sich mit beiden Händen an der Bettdecke fest. Sein Herz rappelte und ratterte wie eine alte Dampflok, die Höchstgeschwindigkeit fuhr. Er hörte ein lautes Scheppern unten im Hof – wahrscheinlich waren ein paar Teile der alten Regenrinne heruntergefallen –, und gleichzeitig fing die Rabenschaukel an, sich immer schneller zu drehen. Krax wurde herumgewirbelt wie in einer Wäscheschleuder, sodass die Federn nach allen Seiten stoben.

»Kraaah!«, kreischte er. Wie ein Kugelblitz schoss der Rabe quer durchs ganze Zimmer, prallte an der Wand ab und landete völlig zerzaust auf dem Bett. Er schüttelte sich, schnappte krächzend nach Luft und flüchtete unter Konrads Schlafanzug.

»Oh, Krax! Du hast dir doch nicht wehgetan?«, rief Konrad.

»Kräh-wä«, jammerte Krax unter dem Schlafanzug. Es klang nicht sehr überzeugend. Krax war manchmal etwas wehleidig.

»Du kannst wieder rauskommen, alles in Ordnung!«

»Krah?« Der Kopf des Raben zwängte sich zwischen zwei Knöpfen hindurch ins Freie. Plopp, plopp – die Knöpfe sprangen ab.

»Pass doch auf!«, schimpfte Konrad und zog den Raben unter der Schlafanzugjacke hervor. Er klemmte ihn sich unter den Arm, stieg aus dem Bett und sprang hinüber zum offenen Fenster. Krax strampelte sich frei und flatterte aufs Fensterbrett. Sie schauten hinaus.

Draußen zogen milchig weiße Dunstschwaden über die drei kleinen Gärten im Hinterhof. Der Dampf kam aus dem

Fenster von Arabellas Werkstatt, die genau unter Konrads Dachkammer lag. Jetzt war lautes Gerumpel und Gepolter zu hören, dann ein Husten, gefolgt von einem lauten Trompeten – das war Arabella, die sich dort unten in ihrer Werkstatt die Nase putzte. Konrad warf einen prüfenden Blick hinüber zu den Nachbarhäusern und sah, dass fast überall Licht brannte. Manche Leute standen am Fenster, andere auf ihren Balkonen, und alle starrten herüber.

Unten im rechten Nachbargarten schaute der alte Apotheker Erwin Plaster über Arabellas Rosenhecke und fuchtelte wütend mit seinem Gehstock.

»Es reicht! Jetzt reicht es endgültig!«, brüllte er zu Konrad hinauf. Sein dicker weißer Schnurrbart zitterte vor Wut. »Sieh dir das an, da und DA!« Er wedelte mit seinem Stock in den wirbelnden Dunstschleiern herum, die über die Hecke zu ihm hinüberwehten. »Was für ein Mief! Pest und Hölle! Wenn deine Mutter nicht sofort damit aufhört, hole ich die Polizei! Hast du mich verstanden?«

Konrad nickte erschrocken. Bisher war der alte Apotheker immer freundlich zu ihm gewesen. Aber Erwin Plaster und Arabella verstanden sich nicht besonders gut, denn in letzter Zeit kamen immer mehr Kunden zu Arabella, um Wundertees und Heilsteine zu kaufen – und das gefiel dem Apotheker ganz und gar nicht.

Krax ließ sich flatternd auf Konrads rechter Schulter nieder und zupfte ihn vorsichtig mit dem Schnabel am Ohrläppchen. »Kroh!«, krächzte er.

»Was meinst du?«, fragte Konrad.

»Kroh! Krr… ähem!« Krax räusperte sich. »Kroooh!«, wiederholte er verzweifelt.

»Komm?«

Der Rabe nickte.

»Na gut«, sagte Konrad. »Gehen wir mal nachsehen, ob in der Werkstatt noch alles steht.«

Sie stiegen die schmale Wendeltreppe hinunter, die in den zweiten Stock führte. Die uralten Holzstufen knirschten und knarrten bei jedem Schritt. Auf halber Höhe blieb Konrad plötzlich stehen und lauschte. Weiter unten war ein seltsames Plitschen und Platschen zu hören, wie das hundertfache Getrippel winziger, nackter Füße. Er stieg die letzten Stufen hinab und erblickte eine Horde schwarz-weiß gestreifter Frösche, die ängstlich quakend zur nächsten Treppe flüchteten und hinunterzuhüpfen begannen, Richtung Wohnzimmer.

»Igitt, Arabellas Zebrafrösche!«, rief Konrad entsetzt.

Mit einem lauten Krächzen schwang Krax sich in die Luft, schoss über die Köpfe der Frösche hinweg und versuchte sie zurückzuscheuchen wie ein Hirtenhund, der seine Schafherde zusammentreibt. »Ksch, ksch!«, machte er und schlug mit seinen großen Flügeln. Die Frösche erschraken und hatten es nun doppelt so eilig, die Stufen hinunterzuspringen. Einer nach dem anderen verschwand in der Dunkelheit, ihr Getrippel und Gequake wurde leiser und leiser und verstummte schließlich ganz.

»Na, das hast du ja toll hingekriegt!«, sagte Konrad und lachte, als der Rabe wieder auf seiner linken Schulter landete und röchelnd nach Luft schnappte. Krax war schon ziemlich alt, und manche Dinge strengten ihn ein bisschen an. Er warf Konrad einen ärgerlichen Blick zu und zog ihn kräftig am Ohrläppchen.

»Au!«

Die Werkstatttür war angelehnt, und durch den Spalt schlängelten sich ihnen hellgrün leuchtende Rauchfäden entgegen. Konrad starrte sie verdutzt an: Sie sahen aus wie wild wuchernde Gewächse, deren Fangarme sich in alle Richtungen streckten und dabei ineinander verhedderten. Und sie rochen ziemlich widerlich: wie stinkiger, gammliger Käse und uralter Eiersalat.

»Puh!«, rief Konrad. Das Zeug brannte in den Augen und kratzte im Hals.

Krax drehte sein Hinterteil nach vorn und begann mit seinen langen Schwanzfedern zu fächeln. »Ähem … ÄHEM!«, machte er und zupfte an Konrads Schlafanzug.

»Du wolltest doch nach unten!«, sagte Konrad. »Jetzt gehen wir auch hinein.« Er hielt die Luft an und riss mit einem kräftigen Ruck die Tür auf.

Krax zog den Kopf ein und stellte die Schwanzfedern auf Propellergeschwindigkeit.

Sie betraten die Werkstatt.

Arabellas Wunderwerkstatt

Dichte grünweiße Schwaden durchzogen den Raum. Aus dem Nebel ragten unzählige hohe Büchertürme auf, wie Hochhäuser, deren Spitzen die Wolkendecke durchbrachen. Einige von ihnen schwankten bedenklich hin und her, andere waren durch die Explosion in sich zusammengestürzt.

Arabella stand mit einem Föhn in der Hand am offenen Fenster und versuchte den Gestank aus ihrer Werkstatt zu pusten. Sie trug ein langes Kleid mit angenähten Silberglöckchen, um ihre Schultern hing ein fransiger Seidenschal, und ihre roten Locken hatte sie hastig hochgesteckt und mit bunten Glitzersternchen bestreut.

Konrads Augen begannen zu tränen, und das Kratzen in seinem Hals wurde immer schlimmer. Er musste husten.

Arabella zuckte zusammen. »O Gott, Konrad, wie kannst du mich nur so erschrecken!«, rief sie und schaltete den Föhn aus. »Wieso schläfst du denn noch nicht? Du musst doch morgen früh zur Schule!«

»Da war ein Knall …«, sagte Konrad.

»Ach du meine Güte!« Sie schlug sich erschrocken eine Hand vor den Mund, wie immer, wenn ihr etwas schrecklich peinlich war. »Entschuldige, ich muss irgendeine von diesen

Zutaten verwechselt haben. Eigentlich hätte es nur ganz leise knallen dürfen, mehr so wie ein Ploppen ...« Arabella kletterte auf eine kleine Trittleiter, legte den Föhn in eine Lücke des Bücherregals und stieg ächzend wieder herunter. In letzter Zeit hatte sie ein bisschen zugenommen, was vielleicht an den extra-cremigen Schokoschaumwaffeln lag, die sie so gerne aß.

»Was machst du denn noch so spät?«, erkundigte sich Konrad.

»Hast du den Mond gesehen, Konrad?«, fragte Arabella. »Wir haben heute gelben Vollmond! Weißt du nicht, was das bedeutet?«

Konrad dachte angestrengt nach. »Ehrlich gesagt ... nein«, sagte er.

»Gelber Vollmond ...« Sie senkte den Kopf und sah Konrad mit großen Augen an. Konrad kannte diesen Blick ziemlich gut. Es war Arabellas typischer Märchenerzählblick. »Gelbes Vollmondlicht«, flüsterte sie geheimnisvoll, »ist das maaagischste Licht, das es überhaupt gibt! Wenn man einen Trank bei gelbem Mondlicht zubereitet, dann wirkt er ga-ran-tiert!«

»Aha«, sagte Konrad.

Arabella hatte mehr Fantasie als jedes Kind. Sie glaubte einfach alles, was sie irgendwo hörte oder las – ganz gleich, ob es sich um Hexen, Geister, Vampire, Elfen, Wassergeister oder Ufos handelte. Früher, als Konrad noch klein gewesen war, hatte sie abends immer an seinem Bett gesessen und ihm unheimliche Geschichten erzählt. Damals hatte Konrad ihr noch jedes Wort geglaubt, er war schließlich erst vier gewesen oder fünf. Aber mit fast elf war das natürlich etwas anderes. Er liebte Schauer- und Spukgeschichten immer noch, aber natürlich hielt er sie nicht mehr für wahr. Es waren eben nur Geschichten, weiter nichts.

»Und was für ein Trank soll das werden?«, fragte Konrad. Er warf einen Blick zum Arbeitstisch hinüber, auf dem eine Kochplatte mit einem großen Topf stand. Gleich daneben waren einige sonderbar geformte Glasbehälter, in denen verschiedene Flüssigkeiten vor sich hin blubberten, auf höchst komplizierte Weise miteinander verbunden. Ein paar bunte Tropfen sausten durch das Wirrwarr spiralförmiger Glasröhrchen von einem Gefäß ins andere.

»Ich darf es dir nicht verraten, Konrad, wirklich nicht!«, sagte Arabella. »Meine Kunden kommen mit ihren geheimsten Wünschen zu mir – das geht niemanden was an … HUCH! Krax, pass doch auf, du wirfst ja alles um!«

Krax war flatternd auf Arabellas Arbeitstisch gelandet und lugte neugierig über den Topfrand. »Kroooh!«, rief er Konrad zu.

Konrad zögerte. »Geh lieber nicht zu nah ran!«

»KROOO-OOOH!«, wiederholte Krax und begann ungeduldig auf der Stelle zu hopsen.

»Schon gut, ich komm ja!«

Er näherte sich dem Topf und schaute vorsichtig hinein. Das Gebräu hatte eine grünliche Farbe und brodelte im Moment ganz friedlich vor sich hin – aber das taten Vulkane schließlich auch, bevor sie explodierten.

Arabella betrachtete missmutig die grünen Flecken an der

Wand. »Ich hab zu viel Spinat hineingetan«, sagte sie und sah sich suchend in der Werkstatt um. »Krax, was war das, was als Letztes in den Trank sollte? Gestern habe ich es noch gewusst!«

Der Rabe hob erschrocken den Kopf. »Krrroo…«, begann er mühsam. »Krrrööö…« Dann ließ er entmutigt den Kopf hängen.

Konrad seufzte. »Krax kann doch gar nicht sprechen!«, erinnerte er Arabella. Sie vergaß es manchmal einfach, weil sie ganz selbstverständlich davon ausging, dass Hexenraben sprechen konnten. Aber Krax hatte noch nie ein einziges richtiges Wort gesagt, obwohl er wirklich sein Bestes tat und jeden Tag eine Stunde übte. Er litt sehr unter seinen Misserfolgen, und an manchen Tagen war er so betrübt, dass er stundenlang in einer Ecke hockte und den Schnabel hielt. Konrad verstand gar nicht, warum Krax sich so viel Mühe gab. Schließlich war Arabella sowieso keine richtige Hexe, denn sie konnte ja nicht hexen. Wozu musste ihr Rabe dann sprechen können? Die beiden passten doch wunderbar zusammen, fand Konrad.

»Ach, ich Dussel, ich!«, rief Arabella. »Tut mir leid, mein lieber, alter Klapperschnabel! Nimm's nicht so schwer. Manche Dinge brauchen eben ihre Zeit. Du musst Geduld haben!« Sie wuschelte dem Raben über den Kopf, bis seine Federn abstanden wie bei einem Indianerhäuptling. »Auf jeden Fall fehlt noch ein bisschen Donnerwurz!« Arabella ging hinüber zu ihrem Zutatenschrank mit den fünfzig kleinen Schubladen und öffnete erst oben eine, dann eine in der Mitte und schließlich unten eine.

»Wo hab ich bloß die Donnerwurz?«

»Ganz oben rechts«, sagte Konrad.

»Ach ja, richtig.« Sie zog die Schublade auf, füllte einige Blätter in einen großen Steinmörser und begann sie unter Ächzen und Schnaufen mit dem Stößel zu zermahlen.

Konrad sah ihr schweigend dabei zu. Arabellas rote Korkenzieherlocken wippten auf und ab. Winzige Schweißperlen erschienen auf ihrer Stirn, und von Zeit zu Zeit lösten sich aus ihrem Haar ein paar bunte Glitzersterne, die flimmernd auf den Arbeitstisch herunterregneten.

»Kann ich dich mal was fragen?«, sagte Konrad nach einer Weile.

»Natürlich«, keuchte Arabella.

»Die Frage gefällt dir aber ganz bestimmt nicht.«

Arabella sah Konrad forschend an.

»Ich möchte wissen, wie das genau passiert ist – diese Sache damals auf dem Flughafen in Indien, meine ich.«

»Ach, Konrad!« Arabella ließ sich auf ihren Stuhl fallen, und ihre Augen füllten sich mit Tränen.

Es war jedes Mal dasselbe. Immer wenn Konrad das Thema wieder ansprach, fing sie an zu weinen. Erst zitterte ihre Unterlippe, dann zitterte ihr Doppelkinn, und schon liefen ihr die Tränen über das Gesicht.

»Ich hab es dir doch schon erzählt«, schniefte sie.

Bisher hatte Arabella die Geschichte erst ein einziges Mal erzählt, und nur ganz kurz. Das war an Konrads zehntem Geburtstag gewesen. Vorher hatte er nicht einmal gewusst, dass sie gar nicht seine Mutter war. Sie hatte sich jahrelang nicht

überwinden können, es ihm zu beichten, und als Konrad es schließlich erfuhr, hielt er das Ganze zuerst für eins von ihren Schauermärchen, so wie die Geschichten über Geister, Vampire oder feindliche Planeten, die sie sonst immer erzählte. Als Baby vertauscht worden zu sein – wer konnte so etwas denn glauben! Das kam vielleicht in irgendwelchen Filmen vor, aber doch nicht in Wirklichkeit!

Arabella kramte ein Taschentuch hervor und putzte sich geräuschvoll die Nase. »Warum fragst du mich immer wieder danach«, schluchzte sie. »Du weißt doch, wie schlimm das für mich ist!« Krax landete auf ihrer Schulter und rieb tröstend seinen Schnabel an ihrer Wange.

Konrad fand es schrecklich, Arabella weinen zu sehen. Aber von allein erzählte sie leider überhaupt nichts, also musste er eben fragen.

»Ich möchte wissen, wie meine … wie diese Frau war, die mich bei sich hatte. Wie hat sie ausgesehen?«

Arabella seufzte. »Das habe ich dir doch erzählt: Sie war groß und trug einen langen schwarzen Mantel und Handschuhe und einen eleganten schwarzen Hut.«

»Und du hast keine Ahnung, aus welchem Land sie kam?«

»Sie hat deutsch gesprochen, aber mit so einem komischen Akzent … Schatz, ich weiß es nicht, ganz ehrlich.«

»Ich versteh einfach nicht, wie so etwas passieren kann«, sagte Konrad. »Dass man zwei Kinder vertauscht, meine ich.«

»Das hab ich mich doch auch schon tausendmal gefragt. Ich verstehe es ja selber nicht.« Arabella strich Krax nachdenklich über den Rücken. »Ich war so durcheinander und in Hetze … Da muss ich die beiden Taschen einfach verwechselt haben.«

Konrad lief ein kalter Schauer über den Rücken. »Du hast sie *verwechselt*?«

»Kräh!« Krax schlug mit den Flügeln und begann auf Arabellas Schulter auf und ab zu hüpfen. »Krääăh!«, kreischte er.

»Nun sei schon still, du alter Schreihals«, sagte Arabella und legte ihre Hand auf seinen Schnabel. Der Rabe flatterte leise schimpfend auf den Schrank und drehte sich beleidigt weg.

In Konrads Bauch begann es plötzlich zu rumoren. Es fühlte sich an, als ob dort in ihm drin zwei Schlangen kämpften, die sich immer fester umeinanderwickelten, um sich gegenseitig zu erdrücken. »Du hast nicht mal in die Tasche reingeguckt? Bloß, weil du es eilig hattest?«

»Ich weiß es nicht mehr!«, rief Arabella verzweifelt. »Es ging alles viel zu schnell. Ich weiß nur, dass du geschrien hast, kurz nachdem die Frau fort war. Und dass ich so schockiert war und dachte: Das ist doch nicht meine kleine Kati …«

»Kati?« Konrad starrte Arabella an. »Es war ein *Mädchen*? Wieso hast du mir das nie gesagt?«

Einen Moment lang herrschte Totenstille.

»Habe ich das nicht?«

»Nein!«

»Na ja, ich dachte, dass es vielleicht nicht so wichtig ist. Schließlich bist du doch mein lieber Junge und …«

»Nicht so wichtig?«, schrie Konrad wütend. »Du verwechselst die Taschen, du verwechselst die Zutaten für deinen Trank … Du verwechselst einfach alles! Und wenn es einen Riesenknall gibt, dann ist dir das auch total egal!«

Arabella war ganz blass geworden. Sie schwieg eine Weile. »Es war mir nicht egal«, sagte sie schließlich. »Ich konnte wochenlang kaum schlafen, wegen Kati. Und du warst mir auch nicht egal. Du hast geschrien wie am Spieß. Am Anfang konnte ich dich kaum beruhigen …« Arabella schluchzte, über ihre

Wangen liefen zwei Tränenbäche und ergossen sich wie winzige Wasserfälle von ihrem Kinn hinab in die Tiefe. Sie sah so kläglich und verzweifelt aus, dass Konrad ein furchtbar schlechtes Gewissen bekam.

»Tut mir leid«, murmelte er leise. Das Blöde war, dass er nie wusste, was er tun sollte, wenn Arabella so verzweifelt war. Eigentlich hätte er sie gerne irgendwie getröstet. Aber das ging nicht, wenn er kurz zuvor noch so wütend auf sie gewesen war.

»Schon gut«, sagte Arabella. Sie trompetete ein letztes Mal in ihr Taschentuch und stand auf. »Weißt du was? Mir fällt gerade wieder ein, was noch in den Trank muss: ein Ei von einem Zebrafrosch!« Sie bückte sich und warf einen Blick in das Terrarium, das unter dem Arbeitstisch stand. »O nein!«, rief sie. »Ich hab vergessen, den Deckel wieder draufzulegen! Die Frösche sind ausgebrochen! Meine schönen Zebrafrösche!«

Konrad seufzte. »Stimmt«, sagte er. »Wir haben sie vorhin auf der Treppe getroffen.«

»Aber ich brauche das Ei unbedingt. Ohne Zebrafroscheidotter wirkt dieser Trank nicht!«

Die Wahrheit war leider, dass Arabellas Tränke sowieso nie wirkten. Bisher hatte sie zwar einige erfolgreiche Tees gegen Schnupfen oder Husten zusammengemischt, aber ihre magischen Tränke waren allesamt erfolglos gewesen. Konrad hätte es am liebsten laut gesagt, aber dann wäre Arabella mit Sicherheit gleich noch mal in Tränen ausgebrochen – in magischen Dingen war sie sehr empfindlich.

»Keine Angst, die Zebrafrösche kommen nicht weit …

Wahrscheinlich sitzen sie unten im Wohnzimmer und sehen fern.«

»Konrad, sei nicht albern! Das ist eine ernste Angelegenheit!«

»Wir können sie doch morgen früh wieder einfangen.«

»Also gut.« Arabella seufzte. »Ich bin sowieso zu müde, um noch weiterzuarbeiten. Und du musst ja auch ins Bett! Hier … nimm Krax mit rauf.«

Der Rabe war eingenickt und schnarchte leise vor sich hin. Arabella hob ihn vorsichtig vom Schrank und setzte ihn Konrad auf die Schulter. Krax klappte verschlafen ein Auge auf und gleich wieder zu.

»Also dann, bis morgen«, sagte Konrad.

»Soll ich dir vielleicht noch einen schönen Schlaftrunk zubereiten?«, fragte Arabella.

»Oh … Vielen Dank, nicht nötig … Ich schlaf bestimmt sofort ein.«

»Gute Nacht, mein Schatz.«

»Nacht.«

Doch als Konrad kurz darauf wieder in seinem Bett lag, war er hellwach. Die Gedanken tanzten und sprangen in seinem Kopf hin und her und wollten einfach keine Ruhe geben. Wenn Arabella eine Tochter gehabt hatte, dann lebte sie jetzt bei Konrads Eltern. Morgens, nach dem Aufstehen, frühstückte sie mit Konrads Eltern, und abends, vor dem Schlafengehen, sagte sie ihnen Gute Nacht. Obwohl es ihr sicher genauso ging wie ihm – bestimmt grübelte sie oft darüber nach, wer wohl ihre richtigen Eltern waren. Möglicherweise lag sie gerade in diesem Moment wach, so wie er, und dachte ganz genau dasselbe …

Er versuchte sich vorzustellen, wie seine Mutter und sein Vater wohl aussahen und wo sie wohl wohnten. Vielleicht sehr weit entfernt? Vielleicht sogar auf der anderen Seite der Erdkugel? Dann war es dort jetzt Tag, und Kati lag nicht in ihrem Bett, sondern saß vielleicht in ihrer Schule und schrieb gerade einen Test. Und seine Eltern waren vielleicht gar nicht zu Hause, weil sie beide arbeiteten.

Konrad merkte, wie ihm die Augen zufielen. Vielleicht vermissen sie mich ja und suchen immer noch nach mir, dachte er. Vielleicht denken sie ja jeden Tag daran, dass irgendwo auf dieser Welt ein Junge lebt, der eigentlich zu ihnen gehört …

Dann schlief er ein.

Familiengeschichten

Von den Zebrafröschen fehlte jede Spur. Arabella und Konrad waren extra früh aufgestanden und hatten überall im Haus gesucht: im Wohnzimmer, in der Küche, im Schlafzimmer, in der Werkstatt und im Bad. Oben in Konrads Dachkammer und unten im Laden – die Frösche waren einfach weg! Sogar im Karpfenbecken hatte Konrad nachgesehen … nichts!

Nun saßen die beiden zusammen am Küchentisch. Krax schlief noch – die Ereignisse der letzten Nacht hatten ihn ziemlich erschöpft.

Arabella schlürfte pechschwarzen Kaffee aus ihrer Jumbotasse. »Meine schönen Frösche, wo können sie bloß sein?«, jammerte sie.

Konrad gähnte. Er war hundemüde. »Vielleicht sind sie ja durch die Rabenluke entwischt«, sagte er. Die Rabenluke war ursprünglich eine Katzenluke gewesen, die sich in der Mitte der Ladentür befand. Arabella hatte sie damals nach dem Einzug etwas breiter gemacht, damit Krax jederzeit hinauskonnte, wenn er Lust auf einen Spazierflug hatte. Allerdings klemmte die Klappe seit ein paar Tagen. Sie war einfach in der Luft stehen geblieben und ließ sich nicht mehr bewegen. Deswegen klaffte in der Tür nun ein großes Loch, durch das der Wind hereinpfiff.

»Das wäre ja furchtbar!«, rief Arabella. »Meine schönen Frösche, ich werde sie nie wiedersehen!«

Konrad seufzte. Arabella malte sich immer nur das Allerschlimmste aus. »Wir finden sie schon«, sagte er. »Frösche hüpfen bestimmt nicht gerne lange durch die Gegend.«

»Da wär ich nicht so sicher«, sagte Arabella. »Zebrafrösche wandern manchmal kilometerweit, wenn es ihnen an einer Stelle nicht gefällt …«

Arabella war so unglücklich, dass sie an diesem Morgen ganz vergaß, Konrads Energiefeld zu überprüfen. Dafür wäre es ohnehin zu spät gewesen, denn Konrads neue Schule war eine Ewigkeit entfernt. Seit ein paar Tagen ging er nämlich in die fünfte Klasse, was bedeutete, dass er nun morgens erst einmal zum Rathausplatz laufen musste. Dort stieg er in die Straßenbahn, fuhr einmal quer durch die Stadt bis zum Planetarium und lief dann noch ein kleines Stückchen durch den Park.

Arabella sah auf die Küchenuhr. »Ach du meine Güte!«, sagte sie. »Du kommst zu spät zur Schule! Am besten, ich fahre dich schnell hin …«

»O nein!«, rief Konrad.

»Wie bitte?«

»Ich meine, nein, ist doch nicht nötig!«, verbesserte er sich hastig. Konrad hätte niemals zugegeben, wie furchtbar peinlich es ihm war, von Arabella zur Schule gebracht oder abgeholt zu werden, denn sie fuhr eine uralte rote Ente, bei der hinten links das Schutzblech schepperte. Das Auto war mit schmutzig braunen Rostflecken übersät, und in den Kurven wippten und quietschten die beiden Vordersitze wie zwei ausgeleierte Gartenstühle.

Arabella wuschelte Konrad durch die Haare. »Was bist du immer so bescheiden, mein Schatz. Aber es macht mir wirklich nichts aus, dich schnell hinzubringen. Nun hol schon deine Sachen.«

Zwanzig Minuten später hielt die rote Ente mit quietschenden Reifen vor Konrads neuer Schule, einem niedrigen Bau mit Flachdach und einem betonierten Pausenhof davor. Konrad fand das Gebäude ziemlich hässlich. Anfangs hatte er nicht glauben können, dass das eine Schule sein sollte. Seine alte Schule hatte vier Stockwerke gehabt, endlos lange Treppen und ein rotes Giebeldach, und Konrad war einfach der Meinung, dass Schulen genau so aussehen mussten. Und vor allem mussten sie muffig riechen, nach verstaubten Landkarten und alten Turnmatten. Die neue Schule roch kein bisschen muffig. Sie roch nicht einmal neu. Sie roch nach gar nichts.

Konrad stieg schnell aus und hoffte insgeheim, dass Arabella im Auto sitzen bleiben und gleich weiterfahren würde, denn sie trug ihr dunkelblaues Sternenhimmelkleid und dazu ein langes violettes Schultertuch mit Glöckchenrand. Außerdem klebte auf ihrer Stirn ein kleiner glitzernder Silbermond, der allerdings zum Glück die meiste Zeit von einer dicken roten Locke verdeckt wurde.

Arabella stieß die Wagentür auf und verhedderte sich beim Aussteigen mit ihrem Glöckchentuch im Sicherheitsgurt.

»Geh nur schon los, Konrad!«, rief sie. »Meine Güte, dieser

verdammte Gurt …« Sie schwang sich mit einem Ruck aus ihrem Sitz, und es gab ein lautes ratschendes Geräusch, als das Tuch riss. Zwei kleine Silberglöckchen regneten auf die Straße und rollten leise bimmelnd in den Rinnstein. »Huch!« Arabella drehte den Kopf, um den Schaden zu begutachten. Ihre roten Korkenzieherlocken wirbelten durch die Luft, und für einen kurzen Moment blitzte der Silbermond auf ihrer Stirn auf. »Hilfst du mir mal?«

Konrad setzte seine Schultasche ab und sah, dass ein Teil des Schultertuchs immer noch am Sicherheitsgurt festhing. Arabella zog und zog, und der Riss wurde länger und länger.

»Ich sitze fest!«

»Was soll ich tun?«

»Auf dem Rücksitz liegt meine Handtasche, da ist eine Schere drin. Du musst den Fetzen hier unten durchschneiden!«

Konrad tat es, und der lange Stofffetzen begann im Wind zu flattern wie eine tanzende Schlange.

»Danke dir, mein Schatz!«

Ehe er zurückweichen konnte, hatte Arabella ihn an sich gedrückt und zum Abschied auf die Wange geküsst, und so standen sie einen kurzen Moment da, während die violette Stoffschlange im Wind um sie herumtanzte.

»Ich … ich komme zu spät!«

Hastig riss Konrad sich los und lief zum Schulhof hinüber. Dort tauchte in der Menge gerade ein wohlbekannter feuerroter Hinterkopf auf: Benno Bullmann, ein großer Junge mit Stoppelschnitt und breiten Schultern, der schon in der Grundschule mit Konrad in einer Klasse gewesen war. Er war ein fieser Schlägertyp, und Konrad hatte eigentlich gehofft, ihn in der neuen Schule endlich loszuwerden. Aber Benno war wie ein alter Kaugummi, der sich im Profil einer Schuhsohle festklemmt, man wurde ihn einfach nicht los. Wieder waren sie in dieselbe Klasse gekommen, und als wäre das nicht schon schlimm genug, saß Benno diesmal sogar genau hinter Konrad! Es war einfach zum Verrücktwerden!

Rechts und links an Bennos Seite klebten, wie immer, Rollo und Matti, seine beiden Freunde aus der Parallelklasse.

Konrad hoffte inständig, dass die drei Arabellas Muttersöhnchen-Kuss nicht beobachtet hatten. Aber gerade als er erleichtert aufatmen wollte, drehten sie sich wie auf ein geheimes Kommando gleichzeitig um, und ihr dreifaches Grinsen verriet Konrad sofort, dass sie alles gesehen hatten.

Im nächsten Moment läutete es zum Unterricht, und der Schulhof begann sich zu leeren. Ein Strom aus Kindern wälzte sich durch die engen Korridore, und Konrad ließ sich einfach mitziehen.

»He, wart doch mal!« Jette die Nette tippte Konrad von hinten auf die Schulter. »Wieso warst du denn nicht in der Straßenbahn? Ich hab schon gedacht, du bist krank!«

»Meine Mutter hat mich gefahren.«

»Echt, fährt eure alte Schrottmühle immer noch?«, kicherte Jette.

»Leider!« Konrad seufzte.

Vor dem Klassenzimmer stießen sie mit Tim zusammen, einem kleinen Kerl mit Brille, der sehr schüchtern wirkte.

Tim, Benno und Jette waren die Einzigen aus Konrads alter Klasse.

Tim hatte einen ziemlich heftigen Entschuldigungstick. »Oh, entschuldige bitte, tut mir leid!«, rief er sofort, obwohl Konrad ihm auf den Fuß getreten war.

»War doch meine Schuld«, sagte Konrad.

»Nein, meine«, erwiderte Tim.

»Jetzt hör schon auf!«, schnauzte Jette ihn an und verdrehte genervt die Augen.

Sie quetschten sich zusammen mit den anderen ins Klassenzimmer.

Konrad hatte sich kaum auf seinen Platz gesetzt, als er ein Lineal im Rücken spürte. Er drehte sich um und blickte in Bennos grinsendes Gesicht.

»Na, hat deine Mama dich zur Schule gebracht?«

»Kümmere dich um deinen Kram«, erwiderte Konrad und schaute wieder nach vorn.

Bennos Lineal bohrte sich zwischen seine Schulterblätter.

»Probiert sie gerade ihr neues Elfenkostüm für Fasching aus? Würde dir bestimmt auch gut stehen, so was. Mit zwei Flügelchen am Rücken!«

Konrad fuhr wütend herum und riss ihm das Lineal aus der Hand.

Benno sprang auf und wollte sich gerade auf ihn stürzen, als plötzlich Frau Rosenbaum vor ihnen stand. Sie wirkte so zart, als hätte ein Windhauch sie zur Tür hereingeweht.

Frau Rosenbaum war die neue Klassenlehrerin, und Konrad fand sie ziemlich toll. Sie hatte leuchtend blaue Augen, ein schmales Gesicht und feine blonde Haare, die sie mit einer Holzspange hochsteckte. Über ihren Schultern hing meistens eine helle Strickjacke, sodass man ihre Arme gar nicht sah. Nur manchmal kam hinter dem Wollvorhang plötzlich ihre rechte Hand hervor und griff nach einem Stück Kreide, um etwas an die Tafel zu schreiben.

»Good morning!«, sagte sie laut und deutlich, denn vormittags unterrichtete sie Englisch. *»Benno, please sit down!* Und du, Konrad, gibst ihm das Lineal zurück!«

Konrad biss sich wütend auf die Lippen und gab es ihm.

In der großen Pause redete Jette pausenlos auf ihn ein, aber er bekam kaum etwas davon mit, sondern starrte die ganze Zeit zu Benno hinüber, der sich mit Matti und Rollo unterhielt. Schon in seiner alten Schule hatten sich alle immer über Arabella lustig gemacht, weil Benno dauernd irgendwelche Schauermärchen über sie erfand. Konrad hasste seine blöden Geschichten und hatte Arabella damals oft verteidigt – bis er irgendwann merkte, dass es dadurch nur noch schlimmer wurde.

Jette hob eine Augenbraue und blickte ihn ärgerlich an.

»Sag mal, hörst du mir überhaupt zu?«

»Klar«, sagte Konrad.

Er seufzte. Es würde nicht sehr lange dauern, bis in der neuen Schule alles ganz genauso lief wie in der alten …

In der letzten Stunde hatten sie wieder Unterricht bei Frau Rosenbaum, die versuchte, ihnen etwas über Wortgruppen und Satzbau zu erklären. Aber die Klasse schien nicht mehr besonders konzentriert zu sein, und schließlich sagte Frau Rosenbaum: »Das reicht für heute. Vielleicht habt ihr ja noch Lust, etwas von euch zu erzählen, damit wir uns ein bisschen besser kennenlernen.«

»Und was?«, fragte Jette.

»Etwas über eure Familie«, sagte Frau Rosenbaum. »Jette, du fängst an.«

Konrads Magen zog sich zusammen. Er hasste dieses ewige Gerede über Familien. Und während Jette von ihrer Urgroßtante zu erzählen begann, die eine berühmte Sängerin gewesen war, überlegte er fieberhaft, was er bloß sagen sollte. Um von einer Familie zu erzählen, musste man erst mal eine haben. Aber Konrad hatte nur Arabella, sonst niemanden. Keine Onkel, keine Tanten, keine Großeltern. Nicht mal einen Stiefvater.

Arabellas Freund war eines Morgens spurlos verschwunden, vor langer Zeit, an einem Samstag. Er hatte eigentlich nur Brötchen holen wollen, beim Bäcker um die Ecke, und war einfach nicht wiedergekommen. Konrad wusste bloß, dass Arabella ihn sehr geliebt hatte, trotz der vielen Streitereien. Mehr hatte sie nicht von ihm erzählt. Und leider hatte sie sich später nie wieder verliebt, sonst hätte Konrad wenigstens noch so etwas wie einen Vater gehabt.

Er konnte sich überhaupt nicht vorstellen, wie es war, einen Vater zu haben, und wenn andere von ihren Eltern oder Großeltern erzählten, beschlich ihn immer das seltsame Gefühl, auf schwankendem Boden zu stehen.

Wenn es nachts stürmte und die uralten Deckenbalken in seiner Dachkammer vor sich hin knarrten, träumte er, auf einem ankerlosen Schiff zu sein, das von den Wellen hin und her geworfen wurde.

Er sah auf die Uhr. Die Stunde war noch lange nicht vorbei, und er saß leider neben Jette, was bedeutete, dass er als Nächster dran war!

»Mehr fällt mir nicht ein«, sagte Jette gerade.

»Und was möchtest du später mal werden?«, fragte Frau Rosenbaum.

»Sängerin oder Webdesignerin«, erklärte Jette kurz und knapp. Und damit war sie fertig.

Konrad hielt die Luft an.

Frau Rosenbaum lächelte. »Konrad, du bist dran.«

»Ich möchte später mal Pilot werden«, sagte er schnell. »Und Langstreckenflüge machen, nach Australien oder zu den Fidschi-Inseln.«

Die Lehrerin schien darauf zu warten, dass er noch mehr erzählte, aber er schwieg.

»Und dein Vater und deine Mutter?«, fragte sie.

Er stöhnte innerlich auf. *Musste* sie ihn danach fragen? Und warum musste er überhaupt etwas erzählen, obwohl er gar nicht wollte?

»Seine Mutter …«, fing Benno von hinten an, aber Jette drehte sich blitzschnell um und fauchte: »Halt die Klappe, Blödmann!«

»Benno, *Konrad* ist dran!«, sagte Frau Rosenbaum mit Nachdruck.

Konrad spürte auf einmal eine seltsame Leere im Magen. Gleichzeitig merkte er, wie ihm etwas kochend Heißes den Nacken hinaufkroch und dann jäh in den Kopf hinaufschoss. Es war wie ein Stromschlag, der seine Hirnwindungen durchzuckte und alle wichtigen Schaltkreise lahmlegte. Hinter seinen Ohren begann es zu kribbeln, und im nächsten Moment hörte er seine eigene Stimme wie aus weiter Ferne:

»Sie ist nicht meine Mutter. Sie hat mich damals aus Versehen vertauscht, auf einem Flughafen in Indien …«

Er spürte, wie alle ihn anstarrten, sogar Jette guckte ganz entsetzt. Die Leere in seinem Kopf wurde immer schlimmer.

Frau Rosenbaum verzog keine Miene. »Na gut«, sagte sie. »Vielleicht machen wir einfach bei dir weiter, Benno …«

Den Rest der Stunde saß Konrad reglos da und fühlte sich wie betäubt. Als es endlich klingelte, packte er hastig seine Sachen zusammen.

»Bis morgen, Kinder!«, rief Frau Rosenbaum. »Konrad, kommst du noch mal kurz zu mir?«

Widerwillig ging er nach vorn.

Frau Rosenbaum wartete, bis die anderen den Raum verlassen hatten, dann fragte sie: »Warum erfindest du so einen Unsinn?«

Konrad schwieg und fand Frau Rosenbaum plötzlich überhaupt nicht mehr toll.

»Stell dir vor, deine Mutter würde jemandem erzählen, du seist gar nicht ihr Sohn … Das würde dir doch sicher auch nicht gefallen?«

Konrads Beine schienen plötzlich nachzugeben. Er schwankte.

»Ist dir nicht gut?« Sie blickte ihn prüfend an. »Du bist ja ganz blass.«

»Nein, alles okay«, presste er hervor.

»Kann ich dir irgendwie helfen?«

»Nein.«

»Also dann, bis morgen.«

»Bis morgen.«

Er rannte hinaus.

Heiße Schokolade

Jeden Tag, wenn Konrad von der Schule kam, warf er einen Blick in das Schaufenster des Bonbonladens, der gleich links neben Arabellas Haus lag. Er fand, dass es der schönste Laden in der ganzen Stadt war, und natürlich gab es dort nicht nur Bonbons, sondern auch Unmengen anderer Süßigkeiten, die tollsten und buntesten, die man sich denken konnte: knallrote Kirschdrops, grünblaue Ozeanträffel, supersahniges Karamellkonfekt und vor allen Dingen die leckersten, lockersten Schokoschaumwaffeln, die Konrad je gegessen hatte.

Die meisten der herrlichen Dinge im Schaufenster hatten ziemlich verrückte Namen. Konrad kannte sie alle auswendig, aber seine liebsten waren: »Flabberwatte«, »Himbeerpoppel«, »Marzipanmöpse« und »Fizzelhopser« – das waren winzige Brausebonbons, die im Mund zerplatzten und dann wie Flöhe umhersprangen.

Die Besitzerin des Ladens hieß Vera Minz und war Arabellas beste Freundin. Konrad mochte Vera sehr, und manchmal spendierte sie ihm einen Himbeerpoppel oder Kandisknödel. Ein- oder zweimal im Jahr konnte es sogar vorkommen, dass er eine Schokoschaumwaffel geschenkt bekam, aber wirklich nicht öfter, denn die Schokoschaumwaffeln waren Veras Heiligtum. Sie stellte sie selbst her, und meistens verkauften sie sich so schnell, dass Vera mit der Produktion kaum nachkam.

Als Konrad an diesem Nachmittag in Veras Schaufenster sah, winkte sie ihm durch die Scheibe zu und lachte. Ihre Hand wedelte schnell durch die Luft, und im nächsten Moment kam sie auch schon auf die Straße gelaufen. Vera strahlte über das ganze Gesicht, und ihre seltsamen Bommelschuhe mit den hohen Absätzen klapperten und klickerten die kleine Ladentreppe herunter. Sie war eine zierliche Frau mit enorm vielen Kurven, großen Kulleraugen und kurzen Haaren. Konrad fand ihre Frisur allerdings ein wenig seltsam, denn auf jeder Wange klebte eine dunkle Locke, mit der Spitze nach oben, wie zwei winzige Dolche.

Vera liebte kurze, superenge Kleider, die ihre Figur betonten. Allerdings konnte sie darin nicht besonders gut laufen. Sie tippelte auf Konrad zu, schlang ihre Arme um ihn und drückte ihn an sich; gleichzeitig schnellte ihre linke Ferse in die Höhe.

»Konrad, ich muss dir was erzählen!«, rief sie, und ihr komischer Schuh, der hinten offen war, fiel – flapp – auf den Bürgersteig.

»Rate mal, was passiert ist!«

Konrads Wange wurde an Veras großen Busen gepresst.

»Ich bin verliiiebt!«

Der Busen roch nach Aprikose.

Vera ließ Konrad wieder los und sah ihm in die Augen. »Er heißt Renaldo! Das heißt, eigentlich sagt man Renaaaldo, er ist nämlich Italiener! Ich hab ihn im Urlaub in Italien kennengelernt, in Florenz.«

»Wohnt er da?«, fragte Konrad.

»Ja, aber nächste Woche kommt er mich besuchen. Das Dumme ist bloß, dass Renaldo kein Deutsch spricht, deswegen muss ich bis dahin unbedingt noch Italienisch lernen …«

»In *einer* Woche?«, fragte Konrad ungläubig. Er selbst hatte nun seit einer Woche Englischunterricht bei Frau Rosenbaum, aber sehr viel konnte er noch nicht.

»Arabella hat versprochen, mir einen Trank zu brauen«, erklärte Vera. »Ein uraltes Wundermittel, um Sprachen zu lernen. Es heißt *Lingua Magica* – klingt toll, was? Das Rezept stand in einem alten Kräuterbuch vom Flohmarkt.«

Offenbar handelte es sich um jenes Rezept, für das Arabella unbedingt das Zebrafroschei brauchte. Aus dem Trank würde wohl vorerst nichts werden, aber das war vielleicht ganz gut so, überlegte Konrad. Vera hatte nämlich noch nie einen Zaubertrank bei Arabella bestellt. Wenn sie merkte, dass der Trank nicht funktionierte, würde es bloß Streit geben. Da war es auf jeden Fall besser, wenn Arabella ihn gar nicht erst zusammenbrauen konnte, weil irgendetwas fehlte. Was für ein Glück, dass die Frösche ausgebrochen waren …

»Ach, Konrad, ich freue mich ja so auf Renaldo!«, rief Vera. »Du wirst ihn bestimmt auch kennenlernen. Wir könnten zusammen ein Picknick im Park machen und …«

Sie runzelte die Stirn und sah ihn prüfend an.

»Stimmt irgendetwas nicht?«

Konrad wich ihrem Blick aus. Veras dunkle Forscheraugen konnten einem direkt ins Herz gucken. »Ich muss jetzt nach Hause«, sagte er.

»Neineinein!«, rief Vera. »Kommt nicht infrage. Jetzt trinken wir erst mal einen schönen Kakao, wir beide.«

In Veras Laden standen vor dem Tresen zwei kleine runde Tischchen, an denen ab und zu einige ältere Damen saßen und Kaffee tranken. Manchmal backte Vera auch einen Apfelkuchen mit Zimt, den sie den Damen dann servierte. Konrad fand es immer schön, an einem der kleinen Tische zu sitzen. Es war ein tolles Gefühl, nicht von draußen nach drinnen, sondern von drinnen nach draußen durchs Schaufenster zu gucken. Dann konnte man sich vorstellen, wie es wohl wäre, wenn einem der Laden selbst gehörte. Meistens stellte Konrad sich vor, dass er von den Schokoschaumwaffeln nur die Hälfte verkaufen und die andere Hälfte selbst essen würde.

»Bitte sehr, heiße Schokolade mit Vanillepuder obendrauf«, sagte Vera und stellte zwei dampfende Tassen auf den Tisch. Es roch fantastisch.

»Danke!« Konrad pustete, und eine weiße Wolke aus Vanillepuder stäubte über die Tischplatte.

Sie saßen eine Weile einfach nur da, nippten an ihren Tassen und pusteten und nippten wieder und pusteten noch mal.

»Und? Wie ist die neue Schule so?«, fragte Vera.

»Blöd«, sagte Konrad.

»Oh«, sagte Vera.

Konrad starrte in seine Kakaotasse, wo der Rest Vanillepuder sich mit Schokolade vollsog und langsam versank. »Warum kann ich keine ganz normale Familie haben, so wie alle anderen?«, sagte er schließlich. »Warum muss ich der Einzige sein, der keine Ahnung hat, wer seine Eltern sind?«

»Bist du doch gar nicht«, sagte Vera. »Ich weiß auch nicht, wer meine richtigen Eltern sind.«

»Wirklich?« Konrad starrte sie verdutzt an. Er kannte Vera nun schon so lange, im Grunde, seit er sich erinnern konnte, aber davon hatte sie noch nie etwas erzählt. »Und wieso nicht?«

»Tja, weil meine Mutter mich damals zur Adoption freigegeben hat.« Vera rührte eine Weile nachdenklich in ihrer Tasse. »So war das.«

»Und haben deine Eltern dir damals die Wahrheit gesagt? Die, die dich adoptiert haben, meine ich …«

Vera kniff ihre Augen zu zwei schmalen Schlitzen zusammen. »Nein, haben sie nicht«, sagte sie düster. »Denen war ich

Vera Minz

ziemlich egal. Mein Bruder hat's mir später irgendwann erzählt.«

Konrad warf einen finsteren Blick in seine Kakaotasse. »Ich bin Arabella auch ziemlich egal«, sagte er.

»Konrad!«, rief Vera und stellte ihre Tasse laut scheppernd auf den Tisch. »Wie kommst du denn darauf?«

Konrad merkte, dass er einen Frosch im Hals hatte. »Warum hat sie dann nicht versucht, meine richtigen Eltern zu finden?«, krächzte er – der Frosch in seinem Hals musste mindestens so dick sein wie ein Zebrafrosch. »Und wieso hat sie mir nicht viel früher erzählt, dass ich in Wirklichkeit gar nicht ihr Sohn bin?«

Vera legte ihre Hand auf seine und drückte sie ein bisschen. »Aber du *bist* doch ihr Sohn, Konrad.«

»Nein, bin ich nicht!«

Ihre Hand zuckte zurück. Sie schwieg einen Moment, dann sagte sie: »Natürlich hat sie versucht, deine Eltern zu finden. Sie ist doch zur Polizei gegangen, damals in Bombay. Weißt du das denn nicht?«

»Nein.«

»Aber sie hat es probiert. Nicht sofort natürlich, aber dann später, als ihr aus dem Krankenhaus kamt.«

Konrad blickte sie fragend an.

Vera seufzte. »Also: Arabella bekam auf dem Flughafen einen Schwächeanfall. Sie wurde ins Krankenhaus eingeliefert, und die Ärzte gaben ihr eine Beruhigungsspritze. Und die Krankenschwester, die sich um dich kümmerte, merkte, dass es dir sehr schlecht ging. Du hattest hohes Fieber.«

»Richtig lebensgefährlich?«

»Eine Zeit lang schon. Jedenfalls hatten alle Angst um dich, und Arabella saß Tag und Nacht an deinem Bett.«

Konrad hörte atemlos zu. Nach einer Woche hatten sie das Krankenhaus wieder verlassen, und Arabella war direkt zur Polizei gegangen. Auf der Wache hielt man sie zwei Tage lang fest, um sie zu verhören. Sie verstand nicht, was die Beamten sagten, und die Beamten verstanden sie nicht. Nachts musste sie in einer engen Zelle schlafen und bekam furchtbare Angst, weil man ihr Konrad weggenommen hatte.

»Weggenommen?«

»Wer weiß«, sagte Vera, »vielleicht dachten sie ja, Arabella hätte dich entführt. Aber am Morgen des zweiten Tages ging plötzlich die Tür auf. Ein Mann in Uniform trug dich herein, und auf einmal durfte Arabella gehen und dich mitnehmen, weil du die ganze Zeit gebrüllt hast wie am Spieß! Die Polizisten hielten es einfach nicht mehr aus, und Arabella war die Einzige, die dich beruhigen konnte.«

Konrad grinste und stellte sich vor, wie die indischen Polizisten sich beim Telefonieren den Finger ins Ohr stecken mussten, während er im Hintergrund aus Leibeskräften schrie.

Arabella hatte versucht, am Flughafen herauszufinden, wohin die andere Frau geflogen war. Aber niemand konnte ihr helfen, und weil es Konrad wieder schlechter ging, nahm sie die nächste Maschine und flog mit ihm nach Hause.

Später war sie nie wieder zur Polizei gegangen, aus Angst, man würde ihn ihr wieder wegnehmen.

»Und was ist mit meinen *Eltern*?«

Konrad sprang so heftig von seinem Stuhl auf, dass die beiden Tassen überschwappten und Kakao auf den Tisch lief.

»Vielleicht suchen sie überall nach mir! Und wenn Arabella damals weitergesucht hätte, könnte ich jetzt bei ihnen sein«, sagte er. »Dann hätte ich eine ganz normale Familie, so wie alle anderen. Mit einer Mutter und einem Vater und Großeltern.«

Vera schwieg eine ganze Weile.

»Ist es denn so schlimm bei Arabella?«, fragte sie schließlich.

Konrad wusste nicht, was er antworten sollte. Manchmal hatte er das Gefühl, dass es kaum auszuhalten war mit ihr – dann wäre er am liebsten abgehauen. Aber manchmal war es auch sehr schön, zum Beispiel, wenn sie am Abend in ihrem bimmelnden Glöckchenkleid hereinkam, um ihm Gute Nacht zu sagen. Irgendwie stimmte beides.

Draußen hatte sich der Himmel bezogen. Über den Dächern hingen dunkle graugrüne Wolken, und im nächsten Moment war in der Ferne ein tiefes lautes Grollen zu hören. An der Scheibe erschienen hie und da einige winzige Tropfen, dann ertönte ein noch viel tieferes Grollen, und plötzlich begann der Regen herabzurauschen. Es klang wie ein sanftes Rascheln in den Ohren, und über die Schaufensterscheibe schlängelten sich lange Wasserfäden, wie Flüsse auf einer Landkarte.

Vera zündete die Kerze an, die in der Mitte des Tisches stand, und sie schauten eine Weile schweigend aus dem Fenster.

In Konrads Hals steckte nach wie vor ein dicker Frosch und machte sich dort immer breiter.

Konrad musste schlucken. Er starrte geradeaus, und die Straße verschwamm vor seinen Augen, was hoffentlich nur am Regen lag. »Wolltest du denn nie wissen, wer deine richtigen Eltern sind?«, fragte er.

»Doch … Und ich habe auch lange versucht, es herauszufinden. Aber so was ist sehr schwierig und … Nanu, was war denn das?« Vera hob den Kopf.

»Was war was?«

»Dieses seltsame Geräusch …«

Konrad lauschte. Er hörte: das Rauschen des Sommerregens, das Trommeln der Tropfen am Fenster, eine weit entfernte Polizeisirene und dann plötzlich ein Geräusch, das ihm merkwürdig bekannt vorkam. Ziemlich bekannt sogar. Es klang ungefähr wie …

Kwörk!

»Ein Zebrafrosch!«, rief Konrad und sprang vom Tisch auf. »Ganz sicher! Das war einer von Arabellas Zebrafröschen!«

»Unsinn«, sagte Vera. »Wie soll denn der hier reingekommen sein?«

»Keine Ahnung, aber gestern sind die Frösche uns entwischt, alle zwanzig! Wir müssen ihn unbedingt finden …« Aber im selben Moment fiel Konrad wieder ein, was das bedeutete: Wenn sie den Frosch fanden und ihn Arabella zurückbrachten, würde sie den Trank für Vera fertig machen, und Vera würde ihn trinken und hinterher immer noch nicht Italienisch können. Deswegen würde sie kein Wort verstehen, wenn Renaldo auf Italienisch *Ich liebe dich* sagte, und Renaldo würde kein Wort verstehen, wenn Vera auf Deutsch *Ich liebe dich* sagte. Also würde es nichts werden mit der Liebe. Dann wäre Vera wütend auf Arabella und würde sagen, sie hätte von Zaubertränken keinen blassen Schimmer, und Arabella wäre wütend auf Vera und würde sagen, sie hätte den Zaubertrank nicht vorschriftsmäßig eingenommen, nämlich zu schnell oder zu langsam oder zu spät oder zu früh. Und dann wäre sie vielleicht bis in alle Ewigkeit mit Vera Minz verfeindet, so wie mit Erwin Plaster, und das alles nur, weil dieser eine verdammte Zebrafrosch wieder aufgetaucht war …

Vielleicht ist es ja besser, überlegte Konrad, wenn ich den Frosch einfach irgendwie verschwinden lasse?

Doch es war bereits zu spät.

»O Konrad!«, rief Vera gerade. »Ich haaabe ihn! Nein, siiieh doch mal, wie niiiedlich!«

Der Frosch saß in dem großen Glas, in dem Vera ihre schwarz-weiß gestreiften Himmel-und-Hölle-Bonbons aufbewahrte. Die weißen Streifen schmeckten nach Pfefferminz und die schwarzen nach Lakritz.

»Und wie hübsch er zu den Bonbons passt«, sagte Vera. Der Zebrafrosch blinzelte verschlafen zu ihnen herauf, als sei er gerade aufgewacht. Er schien sich in seinem Bonbonnest sehr wohlzufühlen. »Am besten lassen wir ihn einfach drin …«

Vera verschloss das Glas mit einem Deckel. »Vergiss bloß nicht, es wieder aufzumachen, sonst geht ihm noch die Luft aus!«

»Okay«, sagte Konrad. »Und danke für den Kakao.«

Er klemmte sich das Glas unter den Arm, öffnete die Ladentür und trat hinaus. Der Wolkenbruch war vorüber, und von der kleinen rot-weiß gestreiften Markise, die über dem Eingang hing, löste sich ein dicker Tropfen und landete mit einem leisen Plitsch auf Konrads Wange.

Konrad war schon auf der Straße, als er Veras Klickerschritte hinter sich hörte. »Warte!«, rief sie und stakste eilig die Stufen hinunter. »Ich hab noch was für dich!« Sie drückte ihm eine kleine Papiertüte in die Hand, hauchte einen Kuss auf seine Wange und verschwand winkend wieder in der Ladentür.

Die Tüte knisterte geheimnisvoll. Konrad wog sie in der Hand. Sie war leicht, sehr leicht, und als er einen kurzen Blick riskierte, lagen dort zwei von Veras Schokoschaumwaffeln!

Rabenmedizin

In Arabellas Laden duftete es nach unzähligen Kräutern, die von der Decke herabhingen. Arabella band sie zu großen Sträußen zusammen und hängte sie mit den Blüten nach unten auf. Es waren so viele, dass Konrad manchmal das Gefühl hatte, einen wuchernden Urwald zu betreten – einen ziemlich ausgedörrten Urwald allerdings, denn die meisten Pflanzen waren so trocken, dass sie schon zu knistern schienen, wenn man sie nur anguckte.

Einige der Kräuter erntete Arabella in ihrem kleinen Garten, der im Hinterhof lag. Andere sammelte sie auf langen Spaziergängen im Wald oder auf den Feldern, draußen vor der Stadt. Früher hatte Konrad ihr oft dabei geholfen. Es hatte ihm Spaß gemacht, neben Arabella und ihrem großen Bastkorb über die Wiesen zu laufen und nach Kamille, Schafgarbe oder Huflattich Ausschau zu halten. Aber als er in die zweite Klasse ging, hatten sie auf einem ihrer Spaziergänge Benno Bullmann getroffen. Am nächsten Tag hatte er in der ganzen Schule herumerzählt, Konrads Mutter sei eine Kräuterhexe und würde sich in Vollmondnächten in eine giftige rote Kröte verwandeln und Regenwürmer fressen. Seitdem war Konrad das Kräutersammeln leid.

»Nein, so was!«, rief Arabella begeistert, als er an diesem Nachmittag nach Hause kam und Veras Himmel-und-Hölle-Bonbonglas auf die Ladentheke stellte. Konrad war froh, es wieder loszuwerden. Er mochte weder gestreifte Frösche noch rote Giftkröten, er mochte überhaupt kein schleimiges Getier, nicht in dicken Bonbongläsern und erst recht nicht nachts in seinem Bett.

»Hoffentlich ist es ein Weibchen«, sagte Arabella. »Und wenn es eins ist, dann legt es hoffentlich demnächst ein Ei!«

Falls der Frosch ein Männchen war, bestand also noch Hoffnung. Dann würde er kein Ei legen, und es gäbe keinen Trank und keinen Streit mit Vera.

»Und woran erkennst du, ob's ein Weibchen ist?« Konrad fand, dass Arabellas Zebrafrösche alle gleich aussahen.

»Na, eben daran, dass es Eier legt«, sagte Arabella. »Wir müssen abwarten … Und, wie war's in der Schule?«

»Geht so«, brummte Konrad. »Vera hat übrigens gesagt, wir sollen den Deckel abmachen, weil der Frosch sonst keine Luft kriegt!«

Arabella schlug erschrocken eine Hand vor den Mund. »Ach du meine Güte!«

Im selben Moment öffnete sich bimmelnd die Ladentür, und herein kamen Monalisa, die beiden Unzertrennlichen. In Wirklichkeit hießen sie natürlich Mona und Lisa, aber weil sie immer und überall zusammen auftauchten, fand Konrad, dass sie eigentlich nur *einen* Namen brauchten. Die beiden schauten fast jeden Tag vorbei, manchmal bloß, um einen kleinen Schwatz zu halten. Allerdings war es gar nicht so einfach, sich mit ihnen zu unterhalten, denn oft redeten sie gleichzeitig.

»Hallo, ihr Lieben«, sagte Mona. Sie war spindeldürr und hatte schlabberige Haare, die ihr wie superweich gekochte Spaghetti auf die Schultern hingen.

»Konraaad, hallooo!«, rief Lisa dazwischen und warf ihre beiden grauen Zöpfe mit Schwung nach hinten. Sie war nicht mehr ganz jung, und Konrad fand es sehr merkwürdig, dass eine Frau, die schon graue Haare hatte, sich noch Zöpfe flocht. »Lass dich mal *richtig* begrüßen!«

Konrad wich hastig zurück, doch es war zu spät.

Lisa küsste die Luft vor seinem rechten Ohr, ihr Gesicht huschte an seiner Nase vorbei, und dann küsste sie die Luft vor seinem linken Ohr. Zum Schluss sah sie ihm tief in die Augen und lächelte, und damit war die richtige Begrüßung beendet.

Konrad beschloss, so schnell wie möglich zu verschwinden, denn Monalisa und Arabella sprachen meistens über Dinge, die ihn nicht besonders interessierten: über Sternzeichen zum Beispiel, über das Schicksal, über Geister und Schutzengel oder über Monas frühere Leben. Mona war sich nämlich sicher, dass sie früher schon mindestens neunmal gelebt hatte, davon zweimal in Indien. Konrad begriff zwar nicht, wie man so etwas wissen konnte, aber eigentlich klang fast alles, was die beiden erzählten, ziemlich sonderbar.

»Meine Auradusche ist kaputt«, sagte Mona gerade, »ich fühl mich so was von schlapp heute!«

»Soll ich mal dein Energiefeld auspendeln?«, fragte Arabella.

Sie sah sich suchend um. »Meine Güte, wo hab ich nur das Pendel …«

»In der Schublade oben links«, sagte Konrad.

»Neiiin, Arabella!«, rief Lisa begeistert dazwischen und zeigte auf das Teeregal. »Du hast den Tibet-Traum ja wieder! Hilft der auch gegen Heuschnupfen?«

»Ja … na ja.« Arabella holte die große Dose mit dem Tibet-Traum herunter und stellte Veras Bonbonglas ins Teeregal. »Also, der hilft gegen …«

»Igitt, was ist denn das?«, kreischte Mona. »Da hockt ja ein Frosch drin, in dem Glas! O Gott, ich hasse Frösche!«

»Ach du meine Güte«, sagte Arabella. »Konrad, sei so lieb und bring den Frosch nach oben.« Sie überreichte ihm das Glas. »Und … könntest du nicht mal nach Krax sehen? Weißt du, ich glaube, er vermisst dich.«

Konrad konnte den Satz schon nicht mehr hören. Jeden Tag, wenn er nach Hause kam, erzählte Arabella ihm, Krax habe ihn ja so vermisst. Und dann sollte Konrad sich ein wenig um ihn kümmern, obwohl Arabella ganz genau wusste, dass er keine Lust dazu hatte! Er wollte nach der Schule einfach seine Ruhe haben und hätte sich am liebsten gleich an seinen Tisch gesetzt, um an seinen Flugzeugmodellen herumzubasteln.

Leider konnte Krax ganz ausgezeichnet hören, und wenn Konrad die knarrende Wendeltreppe zu seiner Dachkammer hinaufstieg, wartete der Rabe immer schon auf ihn. Dann saß er auf der Schaukel, hüpfte ungeduldig auf und ab und hoffte, dass Konrad mit ihm sprechen übte. Konrad hatte sich schon oft bei Arabella darüber beklagt und war einmal so genervt gewesen, dass er schwor, Krax nie wieder Sprechunterricht zu geben. Aber da hatte Arabella ihn sehr traurig und sehr enttäuscht angesehen und gesagt: »Aber das meinst du doch nicht ernst, oder, Konrad? Er hat dich doch sooooo lieb!« Und Krax hatte ihn noch viel trauriger und enttäuschter angesehen, und schließlich war Konrads Herz dahingeschmolzen wie ein Eisberg in der Südsee.

Er stapfte wütend die Treppe zum ersten Stock hinauf. Der Zebrafrosch starrte ihn durch die Bonbonglaswand vorwurfsvoll an, wahrscheinlich mochte er das Geschaukel nicht. Konrad beschloss, gar nicht erst in sein Zimmer hinaufzugehen, sondern sich erst einmal gemütlich in die Küche zu setzen und in Ruhe zu Mittag zu essen.

Aber als er die Küche betrat, hörte er ein wohlbekanntes Rauschen in der Luft, ein Schatten huschte über seinen Kopf hinweg, und im nächsten Moment stieß Krax einen Schrei der Begeisterung aus und kam auf Konrad zugesaust, die Flügel seitlich angelegt wie ein schwarzer Düsenjäger.

»Pass auf!« Konrad zog blitzschnell den Kopf ein, und das Himmel-und-Hölle-Glas glitt ihm durch die Finger und wäre um ein Haar heruntergefallen. Der Zebrafrosch klappte entsetzt die Augen zu.

»Verdammt, du sollst mich doch nicht so überfallen!«, schrie Konrad wütend. »Das weißt du ganz genau!« Er stellte Veras Bonbonglas auf den Küchentisch, neben das Schälchen rote Grütze, das dort stand und auf ihn wartete.

Krax landete auf dem alten Tonkrug vor dem Fenster und

legte schuldbewusst den Kopf schief. Allerdings schien sein schlechtes Gewissen nicht sehr lange anzuhalten.

»Krah, kräh, kräh?«, fragte er.

»A, B, C«, verbesserte ihn Konrad, »nicht krah, kräh, kräh! Gib's auf, du lernst es nie!«

Der Rabe ließ den Kopf hängen, aber das war Konrad im Moment egal. »Weißt du was? Ich bin echt froh, dass du nicht sprechen kannst! Du würdest mir den ganzen Tag lang nur die Ohren vollplappern …«

Krax flog beleidigt auf den Küchenschrank, verkroch sich in einer Ecke und gab keinen Mucks mehr von sich.

Konrad riss die Tür zum Kühlschrank auf und entdeckte zwischen Arabellas Marmeladengläsern einen Teller mit Lasagne.

Meistens kochte Arabella etwas vor, und wenn im Laden gerade nichts zu tun war, aßen sie sogar zusammen mittag. Allerdings hatte Konrad festgestellt, dass merkwürdigerweise immer dann ein Kunde in den Laden kam, wenn Arabella gerade dabei war, die Teller aufzufüllen. Dann knüllte sie ihre Serviette zusammen, rief »Fang schon mal an, Konrad!«, und hastete die Treppe hinunter.

Konrad stellte den Teller mit der Lasagne in die Mikrowelle und warf einen prüfenden Blick zu dem Zebrafrosch hinüber. Vielleicht war es wirklich besser, ihn schnellstens aus dem Glas herauszuholen, überlegte er, sonst starb der Frosch womöglich. Im Moment schien er allerdings noch quicklebendig zu sein und betrachtete durch die Glaswand hindurch interessiert das Schälchen mit der roten Grütze.

Konrad beschloss, den Frosch noch schnell nach oben in die Werkstatt zu bringen, solange die Lasagne in der Mikrowelle war.

»Pling!«, tönte es plötzlich vom Küchenschrank herunter, als Konrad mit dem Glas schon fast zur Tür hinaus war.

Krax war Weltmeister im Nachahmen von Geräuschen.

»PLING!«

Es klang genauso wie der schrille Ton der Mikrowelle, nur ungefähr zehnmal lauter.

»Krax, du nervst!«, rief Konrad. »Hör auf damit, sonst bind ich dir den Schnabel zu.« Eilig lief er die Treppe hinauf und öffnete die Tür zu Arabellas Werkstatt.

Anscheinend hatte der Zebrafrosch nicht die geringste Lust, in das Terrarium zurückzukehren. Er stemmte sich mit allen vier Beinen gegen das Glas, und Konrad konnte schütteln, so viel er wollte, der Frosch saß dort wie festgeklebt. Allerdings fielen eine ganze Menge von Veras Himmel-und-Hölle-Bonbons heraus und klickerten über den Boden. Konrad sammelte sie wieder ein und füllte das Glas bis zur Hälfte mit Wasser, sodass der Zebrafrosch nun auf einer kleinen Bonboninsel hockte. Es schien ihm ausgesprochen zu gefallen, denn er klapperte begeistert mit den Augendeckeln.

Konrad verschloss das Glas mit einem Stück Stoff und einem Gummiring und stellte es auf Arabellas Arbeitstisch. Dann lief er wieder hinunter in die Küche.

Die Lasagne war noch genauso kalt wie vorher – Konrad hatte vergessen, die Mikrowelle anzustellen.

»So ein Mist!«

»Pling«, tönte es vom Schrank herunter, diesmal so leise, dass es kaum zu hören war. Es klang ziemlich kläglich.

Konrad biss sich auf die Lippen. »Oh, Krax, es tut mir leid!«

Auf dem Schrank regte sich nichts.

»Ganz *schrecklich* leid!«, rief Konrad.

»Pling?« Ein kurzes Rascheln war zu hören, dann lugte der Rabe über die Kante zu Konrad hinunter.

»Du wolltest mich erinnern, stimmt's?«

»Pling!«

Konrad spürte einen Kloß im Hals. Irgendwie schien er heute alles falsch zu machen … Er hatte sich in der Schule lächerlich gemacht, er wäre mit Vera fast in einen Streit geraten, und nun hatte er auch noch Krax beleidigt, der ihm eigentlich nur hatte helfen wollen!

»Du bist der netteste Rabe der Welt, und ich bin ein Idiot!«, rief Konrad.

Mit einem einzigen federleichten Flügelschlag landete Krax auf seiner Schulter.

Konrad strich ihm zärtlich über seinen rabenschwarzen Rücken. »Weißt du was?«, sagte er. »Mir fällt gerade was ein … Was hältst du denn davon, wenn wir mal zu Erwin Plaster rübergehen?«

Krax begann nervös auf Konrads Schulter auf und ab zu hüpfen.

»Ich meine, vielleicht hat er ja ein Mittel, das tatsächlich wirkt, und dann kannst du richtig sprechen und dich mit mir unterhalten!«

Arabella hatte mindestens schon hundert verschiedene Heilsteine und Spezialkräutertees ausprobiert, um Krax zum Sprechen zu bringen, alles ohne Erfolg. Aber von den Medikamenten, die Erwin Plaster in seiner Apotheke verkaufte, hielt sie überhaupt nichts. Es war auf jeden Fall ratsam, wenn sie von der Sache nichts erfuhr.

»Wir könnten jetzt sofort gehen«, schlug Konrad vor. Der Gedanke gefiel ihm immer besser. »Dann merkt Arabella ganz bestimmt nichts. Sie unterhält sich gerade mit Monalisa, das dauert noch eine Weile … Na, was meinst du?«

»Krah!« Der Rabe schlug begeistert mit den Flügeln.

Konrad fühlte sich erleichtert. Wenigstens war Krax ihm nicht mehr böse.

Sie stiegen die Treppe zum Laden hinunter.

»Dein Schicksal ist einfach dein Schicksal«, sagte Mona gerade. »Dagegen kann man nichts machen.«

»Nein, das kann man nicht«, murmelte Arabella nachdenklich.

»Konrad, du Lieber!«, rief Lisa. »Da bist du ja wieder!«

»Wir gehen nur ein bisschen spazieren, Krax und ich«, erklärte Konrad hastig und drängte sich an Lisa vorbei, bevor sie auf die Idee kam, sich *richtig* von ihm zu verabschieden. »Bis später!«

Er verließ Arabellas Laden, und nach nur vier Schritten stieg er die kleine Treppe zur Apotheke hinauf. Krax, der auf seiner Schulter saß, begann aufgeregt mit den langen Schwanzfedern zu wippen.

»Sieh an, sieh an!«, brummte Erwin Plaster, als Konrad und

Krax eintraten, und sein dichter weißer Schnurrbart zitterte ein bisschen. Der alte Apotheker war lang und dünn wie ein Besenstiel, und jeden Morgen, wenn Konrad auf dem Weg zur Straßenbahn einen kurzen Blick in Erwin Plasters Fenster warf, stand er kerzengerade hinter seinem Ladentisch und wartete auf Kundschaft. »Sieh an, der Konrad! Sind der Frau Mama etwa die Kräuter ausgegangen, dass sie dich zur Apotheke schickt, was?«

»Eigentlich …«, begann Konrad.

»Selber soll sie kommen, *selber*!«, schnaufte Erwin Plaster ärgerlich, wobei die Spitzen seines weißen Schnurrbarts auf

und ab flatterten wie bei dem dicken Walross, das Konrad mal im Zoo gesehen hatte.

»Aber sie hat mich gar nicht geschickt«, widersprach Konrad. »Es ist wegen Krax …«

Krax krächzte und hüpfte von Konrads Schulter herunter auf den Ladentisch.

Erwin Plaster wich einen Schritt zurück. »Pass bloß auf, dass er nirgends hinkackt!«, knurrte er. »Vögel haben in Apotheken nichts zu suchen, *Vögel nicht*!«

Beleidigt flatterte der Rabe zurück auf Konrads Schulter.

»Aber deshalb sind wir hergekommen«, sagte Konrad. »Wegen Krax, weil er nicht sprechen kann.«

Erwin Plaster starrte ihn entgeistert an.

»Wie bitte? Du willst ein Medikament für einen Vogel?«

»Ja, damit er sprechen lernt …«

Erwin Plasters weißer Schnurrbart fing wieder an zu flattern. »Ich bin Apotheker und kein Tierarzt!«, polterte er los. »Und Vögel sprechen nun mal nicht, das ist ganz normal!«

»Kroooh!«, protestierte Krax.

Konrad hielt ihm schnell den Schnabel zu. Das Dumme war, dass er mit Erwin Plaster im Grunde einer Meinung war. Arabella hatte früher oft erzählt, Krax stamme aus einer sehr sprachbegabten Rabenfamilie. Sein Vater, seine Mutter und alle seine Geschwister hätten mehr oder weniger gut sprechen gelernt.

Aber Konrad glaubte kein Wort davon. Wahrscheinlich hatte sie die Geschichte nur erfunden, um Krax ein bisschen Mut zu machen. Und das war vielleicht sogar ganz in Ordnung so, denn Krax litt jedes Mal fürchterlich, wenn ihm jemand alle Hoffnung nahm.

»Raben können sprechen«, sagte er zu Erwin Plaster. »Manche jedenfalls. Arabella sagt …«

Das Gesicht des alten Apothekers lief dunkelrot an. »Humbug!«, rief er. »Deine Mutter redet nichts als Humbug! Und diese Leute, die diesen ganzen Unfug kaufen: Heilsteine und Räucherstäbchen und diesen Hokuspokus, schlimm ist das, *schlimm*!«

Konrad zuckte zusammen. Manchmal fand er den alten Apotheker fast ein wenig unheimlich. »Arabellas Kräutertees haben alle nicht geholfen, und da dachte ich …«

Erwin Plasters rotes Gesicht färbte sich chamäleonartig wieder weiß. Er musterte Konrad, und zwischen seinen Augenbrauen erschienen zwei senkrechte, sehr nachdenklich aussehende Falten.

»Du brauchst also ein wirklich gutes Präparat«, sagte er und nickte. »Etwas zur unterstützenden Behandlung bei nervösen Funktionsbeschwerden des Stimmapparates …«

»Ja, also …« Konrad verstand kein Wort.

»Einen Moment bitte!« Erwin Plaster verschwand im Nebenraum und kehrte kurz darauf mit einer kleinen blauen Schachtel zurück.

»Bitte sehr, *Larynopax forte.* Dreimal täglich zwanzig Tropfen, nach dem Essen. Aber nicht gleich runterschlucken, sondern erst eine Weile im Mund behalten!«

»Im *Mund*?«

»Im Mund, im Schnabel, was du willst … Macht 21,99.«

Konrad starrte von der kleinen blauen Schachtel zu Krax und von Krax wieder zu der kleinen blauen Schachtel. Er hatte wirklich nicht damit gerechnet, so viel Geld ausgeben zu müssen. Wenn er die Tropfen kaufte, war der Rest von seinem Taschengeld dahin.

»Tja … Also, ich weiß nicht …«

Krax legte den Kopf schief und sah Konrad flehend an.

»Ich meine … Hilft das denn auch wirklich?«

Erwin Plaster reckte das Kinn. Sein dicker Schnurrbart begann wieder zu flattern. »Selbstverständlich!«, schnaufte er empört. »Meine Medikamente wirken *immer*!«

Drei gegen einen

Als Konrad am nächsten Morgen in die Küche kam, lief im Radio gerade »Zauberhafte Melodien«, das war Arabellas Lieblingssendung. Sie stand am Herd und briet Spiegeleier, in der einen Hand die Pfanne und in der anderen einen Topflappen, mit dem sie von Zeit zu Zeit den Bratengeruch zum offenen Küchenfenster hinauswedelte.

»Mein Augenstern, verlass mich nie,
mit dir ist alles wie Magie!«

tönte es aus dem Radio, und Arabella summte leise mit.

Zwischendurch betupfte sie mit dem Topflappen ihre Augen, denn solche romantischen Liebeslieder gingen ihr immer furchtbar zu Herzen.

»Ein Spiegelei oder zwei?«, fragte sie, als Konrad sich an den Tisch setzte.

»Drei«, sagte Konrad und goss sich ein Glas Orangensaft ein.

»Mona hat mir gestern die Karten gelegt«, erzählte Arabella, während sie den Inhalt der Pfanne auf Konrads Teller gleiten ließ. »Und stell dir mal vor, was sie gesagt haben?«

»Karten können nicht sprechen«, bemerkte Konrad und gähnte.

»Sei nicht albern, du weißt genau, was ich meine … Sie haben gesagt, dass ich jemanden wiedertreffen werde, den ich lange nicht gesehen habe.«

»Deine Tochter vielleicht?«

»Konrad!« Arabella fuhr erschrocken herum. Er sah, dass sie ganz blass war und die Pfanne in ihrer Hand zitterte.

»Entschuldige, ich habe bloß gedacht … Es könnte doch sein!«

Arabella stellte die Pfanne zurück auf den Herd und schlug ein drittes Ei hinein. »Wo hab ich nur den Salzstreuer hingestellt? Eben war er doch noch …«

»Links neben der Butter«, sagte Konrad. »Würdest du dich denn gar nicht freuen?«

»Worüber?«

»Na, sie wiederzusehen.«

Arabella griff nach einem vierten Ei. »Aber natürlich, was für eine Frage … Schmecken dir die Spiegeleier?«

»Super.«

»Huch!« Das vierte Ei fiel herunter und landete mit einem Platsch auf dem alten Dielenboden. »Meine Güte, Krax, pass doch ein bisschen auf!«

Der Rabe war durch die offene Tür hereingesegelt und hatte Arabellas rote Locken gestreift. Ihre kunstvoll hochgesteckte Frisur fiel in sich zusammen, und vor ihrem rechten Auge baumelte nun eine dicke rote Haarsträhne.

Krax legte sich in die Kurve und schlingerte um die Küchenlampe wie eins von Konrads ferngesteuerten Flugzeugmodellen.

»Nein, nicht!«, rief Konrad, als er sah, dass der Rabe zur Landung ansetzte.

Es war zu spät. Krax plumpste mit dem Bauch auf den Küchentisch, schlitterte an der Saftflasche vorbei auf die Tischkante zu und rettete sich in letzter Sekunde mit einer Notbremsung. Verzweifelt wedelte er mit den Schwingen, der linke Flügel riss das Glas um, und der Orangensaft ergoss sich über Konrads Spiegelei.

»Igitt!« Konrad sprang erschrocken auf.

»Krr-KRAAAH!«, machte Krax und begann über den Tisch zu torkeln, wobei er mit seiner linken Klaue in den Teller trat.

»Was hat er denn?«, ächzte Arabella, die sich gerade bückte, um das Ei aufzuwischen.

»Äh … keine Ahnung«, log Konrad.

Krax hatte sich schon am vorigen Abend ein wenig sonderbar benommen, nachdem er Erwin Plasters Tropfen eingenommen hatte. Allerdings war Konrad zuerst nicht auf die Idee gekommen, dass es an der Rabenmedizin liegen könnte.

An diesem Morgen, gleich nach dem Aufstehen, hatte er Krax die Tropfen ein zweites Mal verabreicht, und schon nach ein paar Minuten hatte der Rabe begonnen, durch die Gegend zu stolpern und dabei laut zu krächzen, viel lauter, als er es normalerweise tat. Schließlich war Konrad auf die Idee gekommen, den Beipackzettel zu lesen, der in der blauen Schachtel lag. Und dort stand, dass die Tropfen Alkohol enthielten.

»Krrrcchhhhh«, machte Krax. Dann kippte er einfach um und schlief mitten auf dem Küchentisch ein.

»Ach Gott, der Arme! Er wird mir doch nicht etwa krank?« Arabella hob den Raben vorsichtig hoch, stieg auf die kleine Trittleiter vor dem Küchenschrank und setzte ihn in den

Brotkorb, wo er sofort den Kopf unter den Flügel steckte und zu schnarchen begann.

Konrad beschloss, die Tropfen wegzuwerfen.

»Also wirklich«, sagte Arabella, »ich mach ihm nachher mal einen starken Kräutertee, dann geht es ihm bestimmt gleich …«

»Wir unterbrechen unsere Musiksendung wegen einer wichtigen Verkehrsdurchsage«, tönte eine samtweiche Frauenstimme aus dem Radio. *»Wegen einer größeren Anzahl von Fröschen, die am*

Neuen Markt einen Zebrastreifen blockieren, ist es in der Innenstadt zu einem Verkehrschaos gekommen. Staus und Behinderungen zwischen Neuer Markt und Theaterplatz. Polizei und Feuerwehr sind vor Ort. Da sich die Tiere nur sehr schwer einfangen lassen, ist mit einem längeren Einsatz zu rechnen. Es wird gebeten, das Gebiet weiträumig zu umfahren …«

»Meine Zebrafrösche!«, rief Arabella begeistert. »Das sind meine Zebrafrösche!«

»O nein!«, stöhnte Konrad.

»Ich geh sie schnell holen!« Arabella griff nach ihrer knallroten Einkaufstasche, die auf der Küchenbank lag, und hastete zur Tür. »Mein Gott, hoffentlich werden sie nicht überfahren … Konrad, du musst gleich los! Bis heut Nachmittag, mein Schatz!«

Und fort war sie.

Konrad räumte den Tisch ab und verstaute seine Pausenbrote in der Schultasche. Dann sah er noch einmal kurz nach Krax und verließ das Haus.

Auf der Straße traf er Vera Minz, die einen rosafarbenen Jogginganzug und ein Stirnband trug. Sie war ziemlich aus der Puste.

»Ha… Hallo Konrad … puh! Na … na, puh, wie geht's?«, schnaufte Vera. Sie beugte sich keuchend nach vorn und stützte beide Hände auf die Knie.

»Geht so«, sagte Konrad. »Was machst du denn da?«

»Ich … ich war joggen. Nächste Woche kommt doch Renaldo, und da will ich vorher noch ein bisschen abnehmen.«

»Und wieso?«

Vera sah Konrad an und verdrehte die Augen. »Na, damit ich schön und schlank bin und Renaldo sich total in mich verliebt!«

»Ist er denn noch nicht in dich verliebt?«, erkundigte sich Konrad.

»*Natürlich* ist er das … Bist du so nett und richtest Arabella aus, dass ich den Trank zum Wochenende brauche? Ich will Renaldo doch unbedingt auf Italienisch begrüßen!«

»Oh. Okay.« Konrad winkte noch einmal kurz und beschloss, lieber gar nichts auszurichten. Vera würde zwar enttäuscht sein, wenn der Trank nicht rechtzeitig fertig wurde, aber das war immer noch besser, als irgendwann festzustellen, dass Arabellas Tränke leider nichts bewirkten … Er warf einen Blick auf seine Uhr, rannte das letzte Stück zum Rathausplatz und sprang gerade noch rechtzeitig in die Straßenbahn. Zischend schloss sich die Klapptür hinter ihm.

Die Fahrt zur neuen Schule war eine kleine Weltreise. Die Linie 16 ruckelte und zuckelte durch die ganze Stadt und hielt dabei mindestens hundertfünfzig Mal an, jedenfalls kam es Konrad so vor. Nach einer Weile stellte er fest, dass er seinen Fahrschein in lauter kleine Schnipsel zerrissen hatte. Am Planetarium, einem runden Bau mit Säulen und einer hohen Kuppel, stieg er aus.

Konrad mochte das Planetarium. Früher hatte Arabella ihn öfter zur großen Sternenschau mitgenommen. Wenn im Saal das Licht ausging, erschien an der gewölbten Kuppeldecke wie durch Zauberei ein sternenklarer Nachthimmel. »Und all diese Sterne da oben beeinflussen unser Schicksal hier auf Erden – ist das nicht unglaublich?«, flüsterte Arabella jedes Mal begeistert und wackelte ein bisschen mit dem Kopf, wodurch die Sterne in ihrem Haar mit denen an der Decke um die Wette glitzerten. »Ja, unglaublich«, flüsterte Konrad dann zurück, denn er glaubte kein einziges Wort davon. Mehr sagte er nicht, um Arabella die Freude nicht zu verderben. Konrad war von den Sternen genauso fasziniert wie sie, allerdings mehr vom Urknall als vom Schicksal.

Gleich rechts vom Planetarium befand sich der Eingang zum Stadtpark, ein schweres Gittertor, das beim Öffnen lautstark quietschte. Auf der anderen Seite des Parks lag die Schule. Konrad sparte jeden Morgen zehn Minuten Schulweg, indem er einmal quer durch den Stadtpark lief. Genau in der Mitte des Parks stand ein großer Brunnen. Oft blieb Konrad davor stehen und vertrödelte die zehn gesparten Minuten wieder, denn der Brunnen war sehr ungewöhnlich. In dem Wasserbecken reckte eine steinerne Riesenschlange ihren Kopf in die Höhe. Aus ihrem weit aufgerissenen Maul sprudelte eine Fontäne, und ihr endlos langer Leib umklammerte ein armes, unglückliches Wasserschwein – irgendwo zwischen den vielen Windungen des Schlangenkörpers lugte der Kopf des Schweins hervor.

Konrad fand, dass dieses Wasserschwein das traurigste Geschöpf war, das er je gesehen hatte. Manchmal schien es sogar zu weinen. Wenn die Schlange Wasser spuckte, liefen dem Schwein zwei Rinnsale über das Gesicht, an den Augen vorbei und über beide Wangen. Dann flossen literweise Tränen in das Brunnenbecken.

An diesem Morgen war die Fontäne außer Betrieb, und dem Wasserschwein schien es ein wenig besser zu gehen.

Konrad folgte dem Weg, der an der großen Liegewiese vorbeiführte. Mitten auf der Wiese wuchs eine einsame Eiche, und dort standen drei Jungen, die ihm den Rücken zukehrten. Er erkannte sie trotzdem sofort: Bennos roten Igelkopf, links neben ihm Mattis blonde Mähne und rechts Rollos braune Locken. Wahrscheinlich verteilte Matti mal wieder Zigaretten, die er seinem großen Bruder regelmäßig aus der Jacke klaute.

Konrad wollte gerade weitergehen, als er plötzlich eine Stimme hörte:

»Entschuldigung, es tut mir leid!«

Er blieb stehen und lauschte.

»Es tut mir leid, wirklich!«

Ein dreistimmiges hämisches Gelächter war zu hören.

Konrad machte kehrt und stapfte über die Wiese auf die Eiche zu.

»Ach ja? Was tut dir denn so leid?«, fragte Benno Bullmann gerade. Vor ihm stand der kleine Tim, mit dem Rücken ängstlich gegen den Baumstamm gepresst. Benno stützte sich mit seiner rechten Hand lässig an der Eiche ab.

»Ich … ich weiß nicht«, jammerte Tim. »Du hast doch gesagt, ich soll sagen, dass es mir leidtut …«

»Stimmt, Benno, das hast du gesagt!«, nickte Rollo und ließ seine braunen Locken auf und ab wippen.

Benno drehte sich zur Seite und bedachte Rollo mit einem ärgerlichen Blick. »Schnauze!«, sagte er einfach nur. Rollo zuckte zurück und schob mit dem Zeigefinger seine Brille hoch, was er immer tat, wenn er verlegen war. Unter Konrads linkem Schuh knackte ein winziger Zweig. Benno, Matti und Rollo fuhren herum.

»KONRAD!«, rief Tim – die Erleichterung war ihm deutlich anzumerken.

»Ja, wer kommt denn da?«, zischte Benno und kniff die Augen zusammen. »Nett, dass du vorbeischaust!« Er grinste Konrad spöttisch an.

»Ja, echt nett«, sagte der spindeldürre Matti. Er kam ein wenig näher, und bei jedem Schritt wackelte sein Kopf vor und zurück wie bei einer Taube, während seine kinnlange blonde Mähne im Takt dazu hin und her schlackerte.

Rollo rückte seine Brille zurecht und wagte sich ebenfalls ein paar Schritte weiter vor.

Konrad schlug das Herz bis zum Hals. Was tue ich hier eigentlich?, dachte er. Worauf habe ich mich da bloß eingelassen? Er hatte keine Sekunde darüber nachgedacht, wie man aus so einer Situation wieder herauskam, ohne hinterher für drei Monate im Krankenhaus zu landen. Konrad stellte sich vor, wie er in einem weißen Rollenbett lag, den Körper von oben bis unten eingewickelt wie eine blinde Mumie, mit nur zwei winzigen Löchern für die Nase. Arabella würde ihn jeden Tag besuchen kommen und mit Heilsteinen überschütten, und Vera würde ihm Schokoschaumwaffeln schenken, die er leider gar nicht essen könnte. Erstens wegen der vielen Mullbinden und zweitens, weil seine geschwollenen Lippen darunter zusätzlich noch mit Pflaster zugeklebt sein würden. Ein dünner Schlauch würde direkt in seinen Magen führen, und durch den Schlauch würde man so lange Astronautennahrung in ihn hineinpumpen, bis der Verband endlich abgenommen werden könnte …

Das alles war doch blanker Unsinn! Konrad merkte, dass er anfing, sich Horrorgeschichten auszudenken, genau wie Arabella es sonst immer tat. Man musste sich an die Tatsachen halten. Schließlich waren sie zu zweit, er und Tim, das bedeutete immerhin eine Chance …

»Lasst ihn in Ruhe!«, sagte Konrad und drängte sich an Benno vorbei, um sich neben Tim zu stellen. Im selben Moment hörte er ein Rascheln und dann Schritte, die sich eilig entfernten.

Tim war nicht mehr da. Er rannte über die Wiese davon und verschwand, ohne sich umzudrehen, Richtung Parkausgang.

Benno, Matti und Rollo brachen in ihr dreistimmiges Gelächter aus.

»Das nenn ich Freundschaft!«, brüllte Benno vor Lachen.

»Dumm gelaufen!«, prustete Matti.

»Aber *so* was von dumm!«, spottete Rollo.

Konrad biss die Zähne zusammen und blickte die drei finster an.

»Huh, wie unheimlich!«, rief Benno. »Gleich verwandelt er uns in weiße Mäuse! Das hat ihm seine Mama beigebracht.«

»Na los, zeig uns, was du kannst!«, sagte Matti. »Hex Rollo eine Warze auf die Nase!«

Konrad verdrehte genervt die Augen. »Wenn ihr nicht endlich die Klappe haltet, überleg ich's mir«, sagte er.

»Nein, lieber nicht«, sagte Rollo und wich einen Schritt zurück.

Bennos Lachen verstummte. Er presste die Lippen zu einem schmalen Strich zusammen und starrte Konrad wütend an. »Ich mach deine Nase platt, du Klugscheißer«, knurrte er.

»Und ich brech dir den Arm«, erwiderte Konrad schnell – obwohl er eigentlich das Gefühl hatte, sich jeden Moment übergeben zu müssen. Wieder spürte er dieses seltsame flaue Gefühl im Bauch und dann etwas Heißes, das ihm den Rücken entlangkroch und plötzlich in den Kopf hinaufschoss. Wie ein Stromschlag, der sich irgendwo teilte und die beiden Punkte hinter seinen Ohren zum Kribbeln brachte.

Er sah, wie Benno den Mund noch fester zusammenkniff und die rechte Faust ballte. Sie schnellte nach oben.

Konrad starrte auf die Faust, die wie in Zeitlupe näher und näher kam. Gleich würde sie ihn treffen, gleich …

Die Faust segelte an ihm vorbei, Konrad drehte in Zeitlupe den Kopf zur Seite und beobachtete, wie Bennos Unterarm mit voller Wucht gegen den Stamm der alten Eiche knallte.

Benno begann zu brüllen wie am Spieß.

»Was ist? Was ist los?«, schrie Rollo entsetzt.

»Mein Aaarm!«, brüllte Benno.

»Was ist damit?«, rief Matti.

Benno gab keine Antwort. Er hielt sich den Arm und lief wimmernd und fluchend über die Wiese davon.

Matti und Rollo starrten Konrad erschrocken an. Einen Moment lang wirkten die beiden wie gelähmt. Dann ergriffen sie die Flucht.

Flugversuche

»Sag mal, was ist eigentlich los mit dir?«, fragte Jette am Nachmittag, als sie zusammen nach Hause fuhren.

Die Straßenbahn Nummer 16 legte sich quietschend und schlingernd in die Kurve und bog rechts ab. Die Fahrgäste schuckelten erst nach links und dann nach rechts. Konrads Schulter stieß gegen Jettes Schulter.

»Wieso los? Was soll denn los sein?«

»Du hast heute keinen Ton gesagt.«

»Echt?«

Jette warf schwungvoll ihre beiden Zöpfe nach hinten, was bedeutete, dass sie langsam ärgerlich wurde.

»Echt! Und dann diese Nummer gestern, in der letzten Stunde. Mit deiner Mutter, die dich auf einem Flughafen vertauscht hat und so … Was war das denn für ein Quatsch?«

Konrad zuckte mit den Schultern.

Die Straßenbahn rollte über den großen Bahnhofsvorplatz. Jette sprang auf. »Ich muss raus … Übrigens haben Matti und Rollo heute in der Pause überall herumerzählt, du hättest Benno den Arm gebrochen, ohne ihn anzurühren. Durch *Hexerei*!«

Konrad blickte Jette erschrocken an. »Das ist doch totaler Blödsinn!«, rief er.

Jette lachte. »*Natürlich* ist es Blödsinn!«, sagte sie. »Bis morgen!« Sie sprang hinaus, und die Tür fiel zischend hinter ihr zu. Mit einem Ruck setzte die Straßenbahn sich wieder in Bewegung.

Konrad war froh, endlich allein zu sein. Er hatte sich den ganzen Tag den Kopf darüber zerbrochen, was an diesem Morgen im Park eigentlich geschehen war … Bennos Faust war wie in Zeitlupe auf ihn zugekommen, und Konrad musste plötzlich an das arme Wasserschwein denken, das von der Riesenschlange umklammert wurde und sich nicht rühren konnte. Ich weiche nicht aus, hatte Konrad gedacht. Keinen einzigen Mini-Millimeter weiche ich aus. Ich bin so hart wie härtester Granit. Wer mich schlägt, bricht sich den Arm. Aber natürlich hatte er nicht damit gerechnet, dass es tatsächlich passieren würde. Es war einfach nur ein Gedanke gewesen.

Wie war es möglich, dass Bennos Faust ihn nicht getroffen hatte? Und wie konnte es sein, dass Benno sich ausgerechnet den Arm brach? Entweder war alles nur ein Zufall oder … es war *tatsächlich* Hexerei. Hatten Matti und Rollo etwa recht? So ein Quatsch, dachte Konrad.

Früher, als er noch klein gewesen war, hatte Arabella oft zu ihm gesagt: »Wenn du dir etwas ganz doll wünschst, dann geht es in Erfüllung, wirst schon sehen!« Konrad hatte es ein paarmal versucht: Er hatte sich ein teures Computerspiel gewünscht, ein echtes Flugzeug, einen Haufen Freunde und vor allem einen Vater – kein einziger dieser Wünsche war in Erfüllung gegangen.

Es muss ein Zufall gewesen sein, dachte er.

Aber an der nächsten Haltestelle geschah etwas, was ihn erneut zweifeln ließ.

Eine kleine winkende Oma kam über den Marktplatz angehastet, und als sie die Straßenbahn fast schon erreicht hatte, schlug der Fahrer ihr mit einem Knopfdruck die zischende Tür vor der Nase zu und fuhr einfach los!

Konrad sah, wie die alte Dame zusammenzuckte und erschrocken zurückwich. Ihn packte die kalte Wut, und am liebsten wäre er zu dem Fahrer hingegangen und hätte ihm gründlich die Meinung gesagt. Am liebsten hätte er die Straßenbahn einfach angehalten …

Die Straßenbahn hielt mit einem heftigen Ruck!

Taschen und Tüten fielen um, und ein Mann stieß sich an einer Haltestange den Kopf. Er schrie vor Schmerz auf und fing an den Fahrer zu beschimpfen.

Die alte Dame lächelte. Sie lief an der Straßenbahn entlang bis ganz nach vorne und klopfte an die Tür, aber der Fahrer beachtete sie gar nicht, sondern hämmerte mit der Hand wütend auf seine Schaltknöpfe und brüllte den Fahrgast an, der sich gestoßen hatte.

Konrad stellte sich vor, dass die Tür sich öffnete. Wie sie einfach von ganz allein zischend aufsprang, sodass die nette alte Dame einsteigen konnte …

Im nächsten Moment sprang die Tür mit einem Zischen auf, und die nette alte Dame stieg lächelnd ein!

»Sehr freundlich«, bedankte sie sich, obwohl der Fahrer sie noch immer nicht beachtete, sondern weiter wütend auf den Türknopf drückte.

Die alte Dame nahm in aller Ruhe Platz, und im selben Moment schloss sich die Tür plötzlich wie von Geisterhand, ein Klingelton schrillte auf, und die Straßenbahn fuhr weiter.

Als Konrad fünfzehn Minuten später den Kräuterladen betrat, stand Arabella gerade auf der Leiter und sortierte die Tees in den oberen Regalen.

»Oh, hallo Konrad!«, rief sie zu ihm herunter. »Du kannst dir gar nicht vorstellen, was heute früh am Neuen Markt los war!«

Konrad hörte kaum zu. Im Moment hatte er wirklich andere Sorgen.

»Als ich dort ankam, waren die Frösche nicht mehr da!«

»Aha.«

Arabella stieg von der Leiter und blickte Konrad prüfend an. »Was hast du denn?«

»Nichts. Alles okay.«

»Wir können gleich zusammen essen, heute ist nicht viel los im Laden.«

»Ich hab keinen Hunger.«

»Es gibt Spaghetti!«

»Ich will aber nicht.« Konrad ließ Arabella einfach stehen und lief die Treppe hinauf. Wahrscheinlich war sie nun beleidigt. Es kam sonst nie vor, dass Konrad keine Spaghetti aß, denn die mochte er eigentlich am allerliebsten. Und Arabellas Spaghetti waren sogar besser als die beim Italiener.

Im ersten Stock warf Konrad einen kurzen Blick in die Küche, um nachzusehen, wie es Krax ging. Der Rabe lag noch immer in seinem Brotkorb-Nest oben auf dem Schrank und schnarchte vor sich hin. Erwin Plasters Tropfen schienen vor allen Dingen müde zu machen. Vielleicht war es doch keine so gute Idee gewesen, den Apotheker um Rat zu fragen. Der Vorteil war allerdings, dass Krax an diesem Tag ausnahmsweise einmal Ruhe gab und nicht um Sprachunterricht bettelte. Also hatte Konrad reichlich Zeit, sich ungestört mit seinen Flugzeugmodellen zu beschäftigen.

Oben in seiner kleinen Dachkammer warf er die Schultasche in eine Ecke und riss das Fenster auf. Das Flugzeug, auf dem der fette Frosch gelandet war, stand noch immer auf dem Schreibtisch – es war genau in der Mitte durchgebrochen. Konrad verfluchte Arabellas Zebrafrösche und holte sein Lieblingsmodell aus dem Regal.

Flugzeuge waren Konrads absolute Leidenschaft. Wie fantastisch musste es sein, am Himmel entlangzuschweben und sich die Welt von oben zu betrachten! Er beneidete Krax um seine Flügel. Früher hatten sie hinten im Hof immer Modellflugzeug gespielt. Konrad hatte mit einer verbogenen alten Autoantenne als Fernsteuerung in Arabellas Kräutergarten gestanden, und Krax war das genialste Flugzeug aller Zeiten gewesen: der *schwarze Tornado,* der Todesspiralen und doppelte Loopings flog oder sich im Sturzflug vom Himmel fallen ließ und dann

in allerletzter Sekunde über Arabellas Petersilie abbremste.

Selber war Konrad bisher noch nie geflogen. Jedes Jahr vor den Sommerferien versuchte er Arabella zu einer Flugreise zu überreden, ganz egal wohin. Aber seit der Geschichte in Bombay litt sie unter einer panischen Angst vor Flughäfen. Und ohne Flughafen ging es nun mal nicht, deswegen musste Konrad mit der Fliegerei noch etwas warten. Später, wenn er erwachsen war, würde er alles nachholen. Dann konnte er den ganzen Tag lang fliegen. Und das Beste war, dass er als Pilot nicht mal dafür bezahlen musste, sondern obendrein noch Geld damit verdienen würde.

Sein Lieblingsmodell war eine DC-10 mit einem Aufkleber von Swiss Air auf dem Leitwerk. Der Aufkleber war rot, mit einem großen weißen Kreuz darauf – das gefiel Konrad besonders gut. Vorsichtig setzte er die DC-10 auf dem Fußboden ab, um sie in Ruhe zu betrachten. Er stellte sich vor, wie sich die Passagiere im Inneren der Maschine anschnallten. Er malte sich aus, wie der Pilot die Triebwerke aufheulen ließ, wie die Maschine langsam anrollte, wie sie schneller und schneller wurde und schließlich …

Die DC-10 bewegte sich!

Konrad zuckte erschrocken zurück. Sein Herz begann zu pochen. Keine Panik, dachte er. Alles reine Einbildung. Das hier ist vollkommen unmöglich … Oder doch nicht? Versuch es einfach noch mal, dachte Konrad. Stell dir vor, das Ganze wäre eine wissenschaftliche Untersuchung. Wir wollen herausfinden, ob man etwas bewegen kann, ohne es zu berühren. Zum Beispiel dieses Flugzeug hier.

Er konzentrierte sich wieder auf die DC-10.

Diesmal machte die Maschine einen Satz nach vorn!

Konrad spürte ein leichtes Kribbeln hinter beiden Ohren. Er probierte es noch mal, und die DC-10 rollte, wie von einer unsichtbaren Kraft gezogen, ein paar Zentimeter über den Fußboden!

Das Kribbeln wurde stärker.

Die Maschine beschleunigte, hob plötzlich ab und begann quer durchs Zimmer zu segeln, genau wie Krax es immer tat. Auch ihr Flugstil war ungefähr derselbe: Sie legte sich steil in die Kurve, schoss wie ein Pfeil auf das Bücherregal zu, drehte in letzter Sekunde ab und begann trudelnd um die Lampe zu kreisen.

Konrads Atem ging schneller. Kleine Schweißperlen traten ihm auf die Stirn, und das Kribbeln hinter den Ohren wurde immer stärker. Er musste sich völlig konzentrieren. Ich darf nicht weggucken, dachte er. Bloß nicht weggucken, sonst stürzt sie ab! Konrad fixierte die DC-10 und richtete seine Gedanken ganz aufs Steuern. Im Moment lag die Maschine einigermaßen sicher in der Luft. Sie kreiste noch immer um die Lampe, aber er hatte keine Ahnung, wie er sie von dort wieder heil nach unten bringen sollte …

»Hallo Konrad!«, ertönte plötzlich eine Stimme hinter ihm.

Konrad fuhr erschrocken herum.

»WOW! Eine McDonnell Douglas DC-10!«, rief Tim begeistert.

»Verdammt noch mal!«, schrie Konrad. »Kannst du denn nicht anklopfen?«

»Ent… Entschuldigung, aber die Tür stand offen!«

Die DC-10 geriet ins Schlingern und segelte durchs offene Fenster in den Hinterhof hinaus.

»Mist!«, rief Konrad und stürzte zum Fenster. Tim rannte hinterher. Die Maschine krachte gegen Arabellas Birke und stürzte ins Radieschenbeet.

»BOFF!«, machte Tim. »Was für ein Crash! Da hat keiner überlebt! Auf Malta ist 1984 eine PG 12 gegen einen Berg geknallt. Pilotenfehler. Er hatte sich in der Höhe vertan, wegen schlechter Sicht …«

»Du verstehst was von Flugzeugen?«

»Ein bisschen. Ich habe eine Grumman F-14 A Tomcat, ein

Marine-Jagdflieger, Baujahr 72, 3000 km/h, Wahnsinn, was?«

»Wahnsinn«, stimmte Konrad zu. Tim schien sich besonders für Militärflugzeuge zu begeistern.

»Ich wusste gar nicht, dass es Bausatzmodelle mit Fernsteuerung gibt«, sagte Tim und sah sich suchend um. »Kann ich die Fernsteuerung mal sehen?«

Konrad beschloss, möglichst rasch das Thema zu wechseln.

»Nein, kannst du nicht«, antwortete er schroff. »Warum bist du überhaupt gekommen?«

Tim blickte betreten zu Boden. »Um mich zu entschuldigen. Weil ich heute Morgen abgehauen bin.« Er hob den Kopf und sah Konrad an. »Es tut mir leid … *Echt.*«

Von Entschuldigungen schien Tim wirklich etwas zu verstehen. Konrads Wut verrauchte augenblicklich. »Schon gut«, sagte er. »Vergiss es.«

Tim blieb einen Moment unschlüssig stehen. Seine Arme hingen schlaff herunter. Irgendwie wirkte er ziemlich traurig.

»Stimmt es eigentlich, dass deine Mutter im Krankenhaus liegt?«, fragte Konrad.

»Ja, seit zwei Wochen.«

»Und warum?«

»Wegen Krebs.«

»Oh.«

Sie schwiegen.

»Tja, ich geh dann mal«, sagte Tim schließlich und verschwand genauso plötzlich, wie er gekommen war.

Konrad verspürte ein unangenehmes Ziehen in der Magengrube. Ob es wohl richtig gewesen war, Tim nach seiner

Mutter zu fragen? Er grübelte eine Weile vor sich hin. Dann lief er hinunter in den Garten, um die DC-10 aus den Radieschen zu holen.

Lingua Magica

Am Samstagmorgen saßen Konrad und Arabella schon in aller Frühe am Küchentisch und schlürften Arabellas Wachmachtee. Allerdings schien der Tee mal wieder nicht zu wirken, denn Konrad musste dauernd gähnen, und seine Augenlider fühlten sich so schwer an wie Beton. Seit er in die fünfte Klasse ging, hatte er nun auch samstags Unterricht – aber zum Glück nur vormittags.

»Krah, kräh, kräh«, krächzte Krax von Arabellas Schulter herunter. Er war am vergangenen Abend endlich wieder aufgewacht und hatte sofort mit seinen Sprechübungen begonnen.

»Jaaa, mein Klapperschnabel«, sagte Arabella. Sie ließ die Morgenzeitung sinken und kraulte den Raben zärtlich im Nacken. »Willst du nicht erst mal frühstücken? Hier, nimm einen Schokozwieback!« Krax schnappte ihn ihr aus der Hand, flatterte damit auf den Küchenschrank und machte sich eifrig daran, den Zwieback zu zerhacken.

»Heut Nachmittag übe ich mit dir!«, versprach Konrad großzügig.

»Da sind wir doch bei Vera eingeladen«, sagte Arabella und faltete umständlich die Zeitung auseinander. »Kommst du denn nicht mit?«

»Doch, klar. Hab ich vergessen.« Konrad sah sich suchend auf dem runden Küchentisch um. Die Butter stand ganz am anderen Ende, direkt neben Arabellas Jumbotasse.

»Gibst du mir mal …« Er stockte und zuckte erschrocken zusammen, denn die Butterschale hatte sich in die Luft erhoben, segelte auf ihn zu und landete genau vor ihm!

»Was soll ich dir geben?«, fragte Arabella hinter ihrer Zeitung.

»Die … die Marmelade.«

Das Marmeladenglas schwebte in einem eleganten Bogen am Brotkorb vorbei und senkte sich wie ein Miniraumschiff auf die freie Stelle rechts von seinem Teller.

Konrad warf einen raschen Blick zu Arabellas rotem Lockenkopf hinüber, von dem nur der obere Teil zu sehen war – den Rest verdeckte immer noch die Morgenzeitung.

Arabella faltete raschelnd die Zeitung zusammen und runzelte die Stirn. »Konrad! Die Marmelade steht doch genau vor deiner Nase! Reichst du mir mal die Teekanne rüber?«

Die Teekanne segelte quer über den Tisch und schenkte ihr nach.

Arabella starrte die Kanne an, dann Konrad und dann wieder die Kanne. »*Unglaublich!* Wie hast du das gemacht?«

»Wieso gemacht?«, erwiderte Konrad ärgerlich. »Ich hab nichts gemacht!«

»Du hast gerade die Teekanne bewegt.«

»Stimmt nicht.«

Er streckte die Hand aus, um ihr die Zuckerdose zu reichen, aber die Zuckerdose war schneller und schwebte bereits zu ihr hinüber. Als sie neben Arabellas Tasse landete, hüpfte eins der Zuckerstücke heraus und stürzte sich, blubb, in ihren Tee.

Arabella sprang so plötzlich vom Stuhl auf, dass ihre roten Korkenzieherlocken wie Gummibänder in die Höhe schnellten. »Das ist ja fantastisch!«, rief sie. »Konrad, du hast Talent! Du hast eine natürliche Begabung für Telekinese!«

»Tele-WAS?«

»Telekinese, so heißt das, wenn man Gegenstände per Gedankenkraft bewegt … Um so etwas zu lernen, brauchen andere Menschen ein ganzes Leben – oder zwei! Du bist ein Wunder, ein Genie!«

»Echt?«

»Ab-so-lut!«, schwärmte Arabella. »Oh, Konrad, eine solche Gabe ist ein Geschenk, das solltest du unbedingt ausbauen!« Ihre Augen funkelten, und ihre Stimme bebte vor Begeisterung. »Es gibt Kurse, wo man lernen kann, seine spirituellen Fähigkeiten optimal zu nutzen …«

»Ich will aber nicht«, sagte Konrad und schlug die Zeitung auf.

»Nun sei doch nicht immer gleich so negativ …«

Konrad fing an zu lachen.

»Was hast du denn?«

»Hier steht was, das dich bestimmt interessiert.«

»Aha? Was denn?«, fragte Arabella und setzte sich.

Konrad las: *»›Aufregung im Zoologischen Garten. Gestern Nachmittag entdeckten Zoobesucher im Zebragehege eine Horde schwarzweiß gestreifter Frösche, deren Herkunft bis zur Stunde ungeklärt ist. Anfängliche Vermutungen, dass die Frösche zum Zoo gehören, haben sich nicht bestätigt. Wie die Polizei mitteilte, waren dieselben Tiere bereits am Morgen in der Nähe des Bahnhofs gesichtet worden, wo sie erhebliche Verkehrsbehinderungen verursachten …‹«*

»Meine Zebrafrösche!« Arabella sprang wieder auf. »Ich muss sofort …«

»Vergiss es«, sagte Konrad. »Da steht, dass sie schon wieder weg waren, als die Zoowärter kamen, um sie einzufangen.«

»Diese Frösche sind einfach viel zu fix!«, jammerte Arabella. »Ich werde sie nie wiedersehen!«

»Hier ist sogar ein Foto …«

»Was? Zeig her!«

Konrad hielt ihr die Seite der Zeitung hin und tippte mit

dem Finger auf das Bild, auf dem vier Zebrafrösche in Reih und Glied auf dem Rücken eines Zebras hockten und in die Kamera glotzten. *Schnappschuss der Woche!* stand darunter.

»*Meine* Zebrafrösche, in der Zeitung!«, sagte Arabella stolz. »Das muss ich unbedingt einrahmen!«

Konrad kippte den letzten Schluck Tee hinunter und stand auf. »Ich komm zu spät.«

»Soll ich dir noch schnell ein Pausenbrot machen? Ich hab frisches Biobrot gekauft …«

»Danke, nicht nötig.« Er beschloss, sich später auf dem Nachhauseweg einen Döner zu holen.

In der Schule schien an diesem Morgen alles schiefzugehen. Schon in der Pausenhalle hatte Konrad das seltsame Gefühl, dass die anderen ihm auswichen. Niemand rempelte ihn an, niemand außer Jette sprach ein Wort mit ihm.

Als sie den Klassenraum betraten, starrte die ganze Klasse wie gebannt zur Tür. Nur Tim sah wie gewöhnlich zum Fenster hinaus und wirkte irgendwie geistesabwesend. Bennos Platz war leer.

»Angeblich liegt er im Krankenhaus und wird morgen operiert und fehlt dann mindestens ein halbes Jahr!«, flüsterte Jette.

»Wer sagt das?«

»Matti und Rollo!«

»Meinst du, das stimmt?«, fragte Konrad beunruhigt.

Jette verdrehte die Augen. »Du kennst doch Matti und Rollo!«

Der Vormittag verging quälend langsam. In den ersten beiden Stunden hatten sie Erdkunde bei Herrn Baller, einem kleinen, hageren Mann mit rotem Gesicht, der am liebsten von seinen vielen Reisen erzählte. Es schien keinen Fleck auf der ganzen Welt zu geben, den er noch nicht gesehen hatte. Manchmal hegte Konrad den Verdacht, dass Herr Baller nur so tat, als wäre er selbst überall gewesen. Vielleicht war er in Wirklichkeit noch nie verreist, sondern saß den ganzen Tag zu Hause und wälzte dicke Bücher über ferne Länder.

An diesem Morgen erzählte er ihnen von den Eskimo-Walfängern in Alaska, von Reisfeldern in China und vom Teeanbau in Indien.

»Darjeeling!«, schwärmte Herr Baller. »Dort oben wächst der beste Tee der Welt. Und dieser Blick! Man sieht bis zum Mount Everest! Drei Tage war ich da, dann sind wir weiter nach Kalkutta und von da zurück nach Bombay.«

Konrad zuckte zusammen. Er hatte diese Stadt noch nie gesehen, und trotzdem war sie der wichtigste Ort in seinem Leben. Vor fast elf Jahren waren seine Eltern dort gewesen, zumindest seine Mutter. Aber aus welchem Land war sie gekommen? Es gab so unglaublich viele Länder auf der Erde …

In der großen Pause stellte er sich vor den Spiegel in der Jungentoilette und betrachtete sein Gesicht. Dunkelbraune Haare, braune Augen, eine etwas zu lange Nase mit drei Sommersprossen – solche Gesichter gab es millionenfach. Aber es musste doch irgendwelche Hinweise geben, irgendetwas Besonderes an seinem Aussehen. Vielleicht hatte er etwas Wichtiges übersehen? Konrad beugte sich vor und strich sich die

Haare aus der Stirn. Nein, da war nichts. Er hatte ein Allerweltsgesicht. Das Einzige, was sich mit einiger Sicherheit sagen ließ, war, dass seine Eltern keine Walfänger in Alaska, keine Reisbauern in China und keine Teepflücker in Indien waren …

In einer der Toilettenkabinen begann plötzlich die Wasserspülung zu rauschen.

Konrad hörte das laute Zuschlagen der Kabinentür und sah, wie hinter ihm plötzlich Benno Bullmann auftauchte. Sein rechter Arm steckte in einem weißen Gipsverband. Für einen kurzen Moment trafen sich ihre Blicke im Spiegel. Benno bekam vor lauter Schreck Glupschaugen und schnappte nach Luft wie Arabellas Karpfen. Dann riss er hastig die Tür auf und flüchtete nach draußen.

Als Konrad nach Hause kam, war die Ladentür schon abgeschlossen, obwohl Arabella sie samstags sonst immer für ihn offen ließ. Konrad wechselte seinen Döner von der rechten in die linke Hand, kramte den Schlüssel aus der Hosentasche und schloss auf.

Auf dem Küchentisch fand er einen Zettel, auf dem in Arabellas krakeliger Handschrift stand:

Lieber Konrad!
Bin mit Krax im Zoo, gleich wieder da.
Wenn Du Hunger hast: Sojabratlinge im Ofen,
nur kurz warm machen!
PS: Kannst Du mal nach der Post sehen?

Neben dem Zettel lag auf dem Tisch der kleine Schlüssel zum Briefkasten, der auf der Innenseite der Ladentür hing, und als Konrad das Türchen aufsperrte, quoll ihm eine Flut von bunten Werbezetteln entgegen.

Arabella bekam jeden Tag Unmengen von Werbung für Heilsteine, Yogakurse oder Springbrunnen aus Salzkristall. Früher hatten sie all diese Blätter, Zettel und Prospekte gesammelt und gemeinsam in dicke Ordner einsortiert, aber inzwischen waren es so viele geworden, dass Konrad die Aufgabe übernommen hatte, alle Werbezettel auszusortieren und einfach wegzuwerfen, denn Arabella selber brachte es nicht übers Herz.

BIST AUCH DU ERLEUCHTET?

las er auf der Vorderseite einer Hochglanz-Postwurfsendung.

ARKANA – Zentrum für spirituelle Energie.
Finde deine Mitte, entdecke Deine spirituellen Fähigkeiten!
Wir bieten Kurse in:
– Gedankenlesen
– Wahrsagen
– Hellsehen
– Telekinese
Alle Altersgruppen

Darunter war ein großes Auge abgebildet, eingerahmt von einem Strahlenkranz, wodurch es fast wie eine Sonne aussah.

Konrad aß den letzten Rest von seinem Döner und knüllte die Alufolie zu einem kleinen Ball zusammen. Dann warf er ihn zusammen mit den Werbezetteln in den Abfalleimer.

Unten im Erdgeschoss ertönte das aufgeregte Bimmeln der Ladenglocke, dann fiel mit lautem Geschepper die Tür ins Schloss.

»Hallo Konrad! Bist du da?«, rief Arabella.

»Hier oben, in der Küche!«

Krax, der schwarze Tornado, sauste zur Küchentür herein, landete elegant auf Konrads Schulter und begrüßte ihn mit einem Ohrenzwicken.

»Hallo Krax, wie war's im Zoo?«

»Es war schrecklich«, sagte Arabella, die soeben keuchend die Küche betrat. Sie ließ ein paar Einkaufstüten zu Boden fallen und schob sie mit dem Fuß in eine Ecke. »Niemand weiß, wo meine Zebrafrösche sind. Und dieser Zoodirektor war so was von unfreundlich! Er hat gedroht mich anzuzeigen … Hast du was gegessen?«

»Ja«, antwortete Konrad wahrheitsgemäß.

»Wunderbar, dann können wir ja gleich zu Vera rübergehen.«

»Klar.«

Wenig später stiegen Arabella mit ihrer kleinen Blümchenhandtasche am Arm und Konrad mit Krax auf der Schulter die drei Stufen zu Veras Laden hinauf.

Arabella drückte auf den Klingelknopf.

Von drinnen war das eilige Klickern und Klappern von Veras Schuhen zu hören.

»Hallo Arabella, hallo Konrad!«, sagte sie.

»KRAH!«

»Oh, Verzeihung – hallo Krax! Kommt mit nach oben. Es gibt Kaffee und Kakao und frische Schokoschaumwaffeln …«

Vera geleitete sie durch den Laden und die Treppe hinauf in ihr Wohnzimmer. Konrad fand Veras Möbel viel, viel schicker als die von Arabella. Auf einem dicken weißen Flauschteppich standen ein niedriger Glastisch und ein elegantes Sofa. Keine durchgesessene, mit abgewetztem Blümchenstoff bespannte alte Couch wie bei Arabella, sondern ein knallrotes Ledersofa mit einem elastischen Chromgestell, das bei jeder Bewegung auf und ab wippte.

»Setzt euch doch!«

Arabella und Konrad nahmen auf dem Wippsofa Platz, und Krax flatterte auf Veras Stufenregal aus übereinandergestapelten weißen Würfeln. In den weißen Würfeln bewahrte Vera ihre Lieblingssachen auf: eine Menge großer Bildbände, die meisten davon über Italien, und einen uralten Kerzenleuchter mit einer langen weißen Kerze, die nur zu besonderen Anlässen angezündet wurde. Ganz oben, auf dem obersten Würfel, stand ein weißer Korb. Darin saß ein kleiner Eisbär-Teddy, der mit seinen schwarzen Knopfaugen vorsichtig über den Rand lugte. Krax packte ihn unbarmherzig mit dem Schnabel, schleuderte ihn im hohen Bogen weg und hüpfte in den Korb. Der Eisbär-Teddy landete kopfüber auf Veras Teppich und schlug einen Salto rückwärts.

»Krax, benimm dich!«, rief Arabella. »Bitte nur eine *halbe* Schokoschaumwaffel, Vera, ich muss dringend abnehmen!«

»Wie du meinst.« Vera schnitt die Waffel in der Mitte durch. »Konrad, du schaffst aber eine ganze, oder?«

»Klar, sogar zwei.«

Er ließ den Blick durchs Zimmer schweifen. An der Wand hing in einem großen glänzenden Metallrahmen Veras Lieblingsplakat. Es zeigte einen berühmten Platz in Venedig, mit flatternden Tauben und rennenden Kindern, und im Vordergrund schwebte eine Gondel vorüber, in der ein verliebtes junges Paar saß. BELLA VENEZIA stand in großen blauen Buchstaben über dem Bild.

Vera schenkte Kaffee und Kakao ein.

»Liiiebe Vera!«, sagte Arabella und erhob sich, wodurch das Wippsofa heftig zu wippen begann.

Konrad schaute sie verdutzt an und stand ebenfalls auf. Hatte er vielleicht irgendetwas Wichtiges vergessen? Hatte Vera etwa Geburtstag gehabt, und er hatte nicht daran gedacht? Konrad rechnete in Windeseile nach. Nein, bis zum Geburtstag waren noch zwei Monate Zeit, das konnte es nicht sein.

»Oh, Moment, Moment!«, rief Vera und holte rasch den alten Leuchter aus dem Würfelregal. Sie zündete die weiße Kerze an.

Konrad wurde die ganze Sache langsam unheimlich.

»Liebe Vera! Ich freue mich, dir nach langen und schwierigen Versuchen heute endlich den Trank überreichen zu können, den du bei mir bestellt hast. Es ist ein altes Geheimrezept, ein Trank aus dem frühen 19. Jahrhundert, der ga-ran-tiert wirkt, wenn er bei gelbem Vollmond zubereitet wird.«

Konrad schloss die Augen und wünschte sich weit fort. An den Trank hatte er überhaupt nicht mehr gedacht!

»Heißt das, Veras Zebrafrosch …?«

»… hat Eier gelegt!«, sagte Arabella glücklich. »Es *ist* ein Weibchen!«

Sie griff nach ihrer Blümchenhandtasche und zauberte ein kleines grünes Fläschchen hervor, in dem ein winziger Korken steckte. *»Lingua Maaagica!«,* sagte sie feierlich und stellte es in die Mitte des Tisches.

Vera machte große Augen.

»Mit diesem Wundermittel lernt man im Handumdrehen jede Sprache!«, verkündete Arabella.

»Fantastisch!«, seufzte Vera. Sie griff nach dem Fläschchen, entkorkte es mit einem leisen Plopp und schnupperte daran, als wäre es Parfum. »Und du meinst, danach kann ich mich einfach so mit Renaldo unterhalten und ihn auch verstehen?«

Arabella nickte. »Jedes Wort!«

Konrad biss sich auf die Lippen.

In dem Korb oben auf dem weißen Würfelregal begann es plötzlich laut zu rascheln. Mit einem einzigen mächtigen Flügelschlag landete Krax auf Veras Schulter und schnappte ihr das Fläschchen aus der Hand.

»Huch!«

»Krax, benimm dich!«, schimpfte Arabella.

»Spuck das sofort aus!«, befahl Konrad.

Der Rabe hüpfte auf den Tisch, hob den Kopf und leerte das Fläschchen in einem Zug.

»Mein Trank!«, jammerte Vera.

Das Fläschchen landete klirrend auf dem Glastisch. Krax hatte den Schnabel weit aufgerissen und gab merkwürdig gurgelnde Laute von sich. Einen kurzen Moment schwankte er hin und her, dann begann er um die Kaffeekanne herumzutorkeln.

»Good afternoon!«, krächzte er und trat auf Veras Kuchenplatte, auf der die Schokoschaumwaffeln lagen.

»Es wirkt!« Arabella war begeistert. »Er spricht Englisch! Mein lieber alter Klapperschnabel spricht Englisch!«

»Bonjour, bonjour!«

»Und Französisch«, stellte Vera fest.

»Ti amo, bella mia!«

»Und Italienisch! Oh, fantastisch, habt ihr das gehört? Er spricht tatsächlich Italienisch!«, rief Vera völlig außer sich.

Konrad starrte den Raben fassungslos an.

»Guten Tag, sehr angenehm«, krähte Krax. *»Kalla-metaxi-melaxi!«*

»Welche Sprache ist das denn?«, fragte Vera.

»Keine Ahnung«, sagte Arabella.

Krax rammte den Kakaokrug, stolperte über Veras Kaffeetasse und schlug der Länge nach hin.

Konrad sprang vom Sofa auf. »Krax!«, rief er erschrocken. »Krax, hörst du mich? KRAX!«

Der Rabe stotterte wie ein kaputter Motor. »H-h–h-hallo K-k-k-onrad«, schnarrte er leise – dann schloss er die Augen.

Die alte Hafenstadt

Später am Nachmittag verzog sich Konrad in sein Zimmer, um die DC-10 zu reparieren und dabei in aller Ruhe über Krax nachzudenken. Der Rabe tat ihm wirklich leid. Dies war nun schon die zweite Medizin, die ihn in Tiefschlaf versetzte. Warum um alles in der Welt gab Krax sich solche Mühe, sprechen zu lernen? Er konnte sich doch auch so ganz gut verständlich machen. Vielleicht, überlegte Konrad, war es einfach sein größter Wunsch, etwas, wovon er immer schon geträumt hatte – so wie er selbst davon träumte, später einmal Pilot zu werden und mit einer echten DC-10 zu den Fidschi-Inseln zu fliegen.

Konrad konnte immer noch nicht fassen, dass der Trank tatsächlich wirkte. Es musste wohl doch am gelben Vollmondlicht gelegen haben.

Aus der Klebstofftube kam ärgerlicherweise nichts mehr raus, und Konrad stieg die drei Treppen hinunter in den Kräuterladen, weil in den Fächern hinter der Theke meist alles zu finden war, was man so brauchte. Allerdings durfte er sich nicht einfach selbst bedienen, sondern musste fragen.

Als er herunterkam, diskutierte Arabella gerade mit einer

Kundin, und Konrad merkte sofort, dass sie keine gute Laune hatte.

»Und gegen Maulwürfe?«, fragte die Kundin, eine junge Frau in Gummistiefeln.

»Nein, da hab ich nichts«, sagte Arabella. »Maulwürfe müssen schließlich auch leben!«

»Aber doch nicht in meinem Garten!« Die Kundin rümpfte verärgert die Nase. »Dann kaufe ich in Zukunft eben woanders, auf Wiedersehen.«

Im selben Moment bimmelte die Türglocke, und Monalisa kamen herein. Konrad fluchte innerlich, denn wenn die beiden erst einmal anfingen zu erzählen, konnte es länger dauern, bis er den Klebstoff bekam.

Er flüchtete hinter die Ladentheke und tauchte gerade noch rechtzeitig unter, ehe Lisa ihn erspäht hatte.

»Arabeeella!«, rief Mona. »Stell dir vor, wir machen einen neuen Kursus bei Frau Avalon!«

Frau Avalon war früher einmal Arabellas Yogalehrerin gewesen. Damals hatte Arabella allerdings noch nicht so gerne Schokoschaumwaffeln gegessen und deswegen ein bisschen weniger gewogen.

»Ja, in einem neuen spirituellen Zentrum«, erzählte Lisa. »Der Kurs heißt *Entdecke die Naturgeister.*«

Mona berichtete, dass sie gleich nach der ersten Stunde bei Frau Avalon einen Kobold bei sich im Haus entdeckt hatte, und Lisa war bei einem Spaziergang am See zwei Wassergeistern begegnet!

»Willst du nicht mitkommen?«, fragte Mona. »Jeden Dienstag und Donnerstag, am Nachmittag.«

»Geht nicht, da muss ich doch im Laden stehen«, seufzte Arabella.

»Ach, stimmt ja.«

Monalisa versprachen, ihr alles zu erzählen, was sie bei Frau Avalon über Naturgeister lernten, und dann brachen sie zum Glück schon wieder auf, weil Mona zur Massage musste.

»Sei nicht albern, Konrad, komm da raus«, sagte Arabella, und er tauchte wieder auf. »Hast du vielleicht meinen Ladenschlüssel gesehen? Ich weiß wirklich nicht, wo ich ihn nun schon wieder hingelegt habe – es ist zum Verrücktwerden! Hellsehen müsste man können …« Sie sah ihn prüfend an. »Was hast du denn? Stimmt was nicht? Du wirst ja ganz blass!«

»Äh, keine Panik. Alles okay.«

Arabella durchsuchte die Taschen ihrer Glitzerspiegeljacke. »Gott sei Dank, da ist er! Ich geh mal schnell zu Vera rüber und bring ihr ein neues Fläschchen *Lingua Magica* … Bin gleich wieder da.«

Sie war kaum zur Tür hinaus, als Konrad die Treppe hinaufstürmte, in die Küche rannte und den Deckel des Mülleimers aufklappte. Hastig kramte er den Hochglanzwerbezettel wieder hervor und las: »Kurse in Astrologie, Wahrsagen, Hellsehen, Telekinese.« Sein Herz begann zu pochen. Vielleicht hatte Arabella ja wirklich recht? Vielleicht hatte er tatsächlich eine besondere Begabung, die er nutzen musste? Wenn man per Gedankenkraft Gegenstände bewegen kann, dachte Konrad, dann ist es zumindest nicht völlig ausgeschlossen, dass man auch hellsehen lernt. Und wer hellsehen kann, der braucht nie mehr zu suchen. Der findet alles wieder, was er irgendwann einmal verloren hat: Haustürschlüssel zum Beispiel. Oder Eltern.

Am Montagnachmittag stand Arabellas rostige rote Ente vor der Schule, als Konrad herauskam. Arabella hupte. »Los, steig schnell ein!«, rief sie und drückte ihm einen Döner in die Hand, als er sich neben sie auf den Beifahrersitz fallen ließ.

»Döner?«, fragte Konrad verdutzt. Eigentlich hatte er eher mit einem Sojabratling gerechnet.

Arabella trat das Gaspedal durch und fuhr so abrupt an, dass zwei große Zwiebelringe und eine ganze Menge Knoblauchsoße auf Konrads Hemd landeten.

»Mist … Du *sollst* mich doch nicht abholen!«

»Ich weiß, ich weiß, aber es ist ein Notfall«, Arabella riss das Steuer herum und bog in die Parkstraße ein. »Schnall dich an!« Sie hielt mit der linken Hand das Lenkrad und griff mit der rechten nach dem Döner, damit er den Gurt anlegen konnte. »Ich hab heute früh bei den *Weisen Frauen* angerufen …«

»Wasgen fümeise Faun?«, nuschelte Konrad mit vollem Mund, während sie am Planetarium vorbeibrausten.

»Das ist der Verein, dem das Arkana-Zentrum gehört«, erklärte Arabella. »Die Schule, wo du den Hellsehkursus machen willst!« Sie drehte den Kopf und strahlte Konrad an. Seit er ihr am Wochenende erzählt hatte, dass er hellsehen lernen wollte, war sie in absoluter Hochstimmung. Den ganzen Sonntag über hatte sie von nichts anderem mehr geredet.

»Heute findet dort die Aufnahmeprüfung für die neuen Kurse statt, und zwar *jetzt*! Deshalb *musste* ich dich abholen.«

Arabella riss an der Revolverschaltung und stieg auf die Bremse. Die Ente holperte über Kopfsteinpflaster. Konrad versuchte krampfhaft seinen Döner festzuhalten, während der Sitz unter ihm leise quietschend auf und ab federte.

»Aufnahmeprüfung? Was für eine Aufnahmeprüfung?«,

»Ach, die wollen sichergehen, dass man auch wirklich spirituell begabt ist. Du brauchst nur irgendwas durch die Gegend schweben zu lassen, das genügt.«

»Okay.« Er schaltete das Radio ein.

»Achtung, eine wichtige Verkehrsdurchsage!«, ertönte eine tiefe Männerstimme. *»Staus und Behinderungen rings um den Rathausmarkt – dort ist es an einem Zebrastreifen zu mehreren Auffahrunfällen gekommen. Es wird empfohlen, die Innenstadt möglichst weiträumig zu umfahren!«*

Arabella fluchte leise vor sich hin, wendete an der nächsten Kreuzung, und ein paar Minuten später brausten sie mit Vollgas über die Autobahn.

Es war ein warmer Spätsommertag mit strahlend blauem Himmel, kein Wölkchen weit und breit. Die Sonne schien, der Motor surrte, das Radio dudelte, und rechts von Konrad schlängelten sich kleine blaue Bäche durch saftig grüne Wiesen. Er klappte das Seitenfenster hoch, bis es mit leisem Klicken einrastete, und lehnte sich behaglich zurück. Vielleicht hatte er Arabellas Ente bisher ein wenig unrecht getan. Im Grunde war sie gar nicht so übel, trotz der vielen Rostflecken.

Arkana, das Zentrum für spirituelle Energie, lag in der alten Hafenstadt, einer verlassenen Gegend am Stadtrand, in der schon seit Langem niemand mehr wohnte. Früher hatten dort große Lastkähne angelegt, und rings um den alten Hafen war eine ganze Stadt entstanden, mit engen Wohnungen für die Hafenarbeiter und riesigen Speichern für Kohle, Erz und Getreide. Inzwischen waren die alten Gebäude heruntergekommen und baufällig.

Konrad staunte, als sie über die Brücke rollten, die über den breiten Kanal in die Hafenstadt führte. Bei vielen der

Häuser hielten sich die morschen Türen nur noch mit Mühe in den Angeln. Bei anderen klafften im Dachstuhl riesige Löcher, als wären sie von Meteoriten getroffen worden. Die meisten Fenster hatten keine Scheiben mehr, und aus manchen Dachkammern wucherten kleine Birkenbäume, deren Zweige im Wind schwankten.

Arabellas Ente holperte über breites Kopfsteinpflaster und hielt schließlich vor einem Haus, das erst kürzlich renoviert worden sein musste. Die Außenwände waren leuchtend gelb gestrichen – was irgendwie seltsam wirkte, das einzige bunte Haus in einer grauen Geisterstadt. Über der Tür stand auf einem Schild in großen, schnörkeligen Buchstaben *ARKANA – Zentrum für spirituelle Energie.* Aber Konrad hätte auch so gewusst, dass es das richtige Haus sein musste, denn ringsum parkten bereits mehrere andere Autos, und vor dem Eingang drängte sich eine ganze Horde von Müttern mit ihren Kindern, die alle hineinwollten.

Als sie die Stufen hinaufstiegen, entdeckte Konrad gleich neben dem Eingang ein Metallschild mit eingravierten Buchstaben, das beim Renovieren einfach überstrichen worden war. Bei genauem Hinsehen waren sie trotz der gelben Farbe noch gut zu entziffern: *Bibliothek für Meereskunde* lautete die Aufschrift.

Drinnen schob sich eine lange Schlange zwischen zwei offen stehenden Türflügeln langsam vorwärts. Arabella und Konrad warteten in einem kleinen Vorraum, von dem man in den Hauptsaal gelangte. Als sie bis zur Tür gekommen waren, spähte Konrad neugierig hinein. Der Saal musste früher wohl der Lesesaal der Bibliothek gewesen sein. An den Wänden standen wuchtige alte Bücherregale mit verstaubten Büchern, und zwischen den Tischreihen führte ein Gang auf ein großes Pult zu, an dem zwei Frauen saßen und jeden Bewerber in eine Liste eintrugen.

Über ihnen hing ein ausgestopfter grauer Hai von der Decke, der mit trüben Glasaugen ins Leere starrte.

Die beiden Frauen begrüßten gerade ein pummeliges Mädchen und seine Mutter.

»Ich bin die Lehrerin, Frau Schiwer«, sagte die erste. Frau Schiwer trug ein blaues Kleid mit kleinen funkelnden Spiegelsplittern, und in ihren langen schwarzen Haaren schimmerten Silberfäden, die aussahen wie Lametta.

Die zweite Frau, die eifrig mitschrieb, hieß Frau Bramer und war die Sekretärin der Schule. Sie hatte ihr braunes Haar zu einem Dutt hochgesteckt, und auf ihrer spitzen Nase saß eine geschwungene schwarze Brille, die Konrad an die Flügel von Krax erinnerte.

»Hast du denn irgendwelche übernatürlichen Begabungen?«, fragte Frau Bramer das pummelige Mädchen, wobei ihre Augen hinter der Rabenflügelbrille heftig zu zwinkern begannen.

»Ich bin magnetisch«, sagte das Mädchen und pustete sich eine Haarsträhne aus der Stirn.

»Wie bitte?«, fragte Frau Schiwer verdutzt.

Das Mädchen legte eine Hand auf den Tisch und schob sie in die Nähe des glänzenden Metallfüllers, den Frau Bramer gerade beiseitegelegt hatte.

Der Metallfüller machte plötzlich einen Hüpfer, sprang dem Mädchen in die Hand und blieb dort kleben.

»Oh«, sagte Frau Schiwer. »Du bist aufgenommen.« Sie beugte sich zu Frau Bramer. »Tragen Sie das Mädchen in die Klassenliste ein.«

»Könnte ich bitte meinen Füller wiederhaben?«, schnaufte Frau Bramer ärgerlich.

»Entschuldigen Sie!«, rief die Mutter des magnetischen Mädchens und versuchte ihrer Tochter den Füller von der Hand zu ziehen. Es schien gar nicht so leicht zu gehen, jedenfalls sah es so aus, als säße der Füller ziemlich fest.

Konrad war sich sicher, dass es sich um einen faulen Trick handelte. Von magnetischen Menschen hatte er noch nie etwas gehört oder gelesen. Er nahm sich vor, zu Hause gleich in seinem Lieblingsbuch unter *Magnetismus* nachzuschlagen. Das Lieblingsbuch hieß *Wie funktioniert die Welt?* und war ein Geburtstagsgeschenk von Vera. Konrad fand es einfach toll, weil darin *alles* ganz genau erklärt wurde, ganz gleich, ob man nun wissen wollte, wie tonnenschwere Flugzeuge fliegen können, wozu Vulkane Feuer spucken oder warum Dünen wandern.

Das Praktische an *Wie funktioniert die Welt?* war, dass Konrad mit dem Buch nachkontrollieren konnte, ob etwas stimmte oder nicht – das war manchmal sehr wichtig, wenn man mit jemandem wie Arabella zusammenlebte. Als sie ihm von ihren Ufos erzählt hatte, hatte er einfach in dem Buch nachgeschlagen. Und dort stand klipp und klar, dass es für Ufos keinerlei Beweise gab. Konrad hatte Arabella die Stelle sogar gezeigt, aber blöderweise hatte sie ihm trotzdem nicht geglaubt.

Als Frau Bramer endlich ihren Füller wiederhatte, trat die nächste Bewerberin einen kleinen Schritt vor. Sie wirkte blass und schüchtern, und ihre Mutter, die sie nach vorne schubste, hatte einen so verkniffenen Mund, dass von den Lippen nur ein schmaler Strich zu sehen war. »Na los!«, zischte sie ihrer Tochter zu.

»Und du bist ebenfalls spirituell begabt?«, erkundigte sich Frau Schiwer.

Das Mädchen schwieg.

»Sie kann Gedanken lesen«, erklärte die Mutter.

»Aha. Und was denke ich gerade?«, fragte Frau Bramer.

Konrad fand diese Aufgabe eigentlich zu leicht, denn Frau Bramer entfaltete gerade ein kleines Tuch und begann damit umständlich ihre Brille zu putzen, also war doch klar, was sie dachte: *Meine Brille ist schmutzig,* was sonst.

Aber das Mädchen sagte nichts, sondern wirkte plötzlich wie versteinert.

»Was hat sie denn?«, fragte Frau Schiwer.

»Sie ist in Trance«, erklärte die Mutter. »Das ist normal. Das macht sie immer, wenn sie Gedanken liest.«

Frau Schiwer und Frau Bramer warteten gespannt, aber es passierte nichts. Das Mädchen stand reglos da und sagte gar nichts.

»Lydia?«, sagte die Mutter. »Lydia, hörst du mich?«

»Bedaure, aber wir halten Ihre Tochter nicht für geeignet«, sagte Frau Schiwer.

Frau Bramer presste ein winziges silbernes Handy an ihr Ohr und führte ein kurzes Telefonat. Kurz darauf drängten sich zwei Männer mit einer Bahre durch die Menge. Während die beiden das starre Mädchen hinaustrugen, lief die Mutter neben ihnen her. »Lydia, was hast du denn?«, rief sie. *»Lydia, steh auf!«* Ihre Stimme wurde leiser und leiser.

Als Konrad schließlich an der Reihe war, musterte Frau Bramer ihn über den Rand ihrer Rabenflügelbrille von oben bis unten.

»Ein *Junge*?« Frau Schiwer sah Arabella fragend an.

»Ja …«, erwiderte Arabella verdutzt. »Wieso?«

»Es tut uns leid, aber Jungen werden bei uns nicht aufgenommen«, erklärte die Lehrerin mit dem Lametta im Haar.

Arabella runzelte die Stirn. »Ach so? Und warum nicht, wenn man fragen darf?«

»Ihre Spiritualität ist weniger stark ausgeprägt«, erklärte Frau Bramer.

»Deswegen sind sie auf diesem Gebiet auch weniger begabt«, erklärte Frau Schiwer. »Es hat keinen Sinn, sie mit Mädchen zusammen zu unterrichten. Sie würden den Unterricht nur stören.«

»Was für ein Unsinn!«, schnaufte Arabella.

Konrad blickte sich um. Jetzt erst fiel ihm auf, dass tatsächlich fast nur Mütter mit Mädchen in der Schlange standen. Der einzige Junge, der weit und breit zu sehen war, sah aus wie ein Vampir. Gerade in diesem Moment betrat er den Saal mit seiner Mutter, einer lustigen kleinen Frau mit wilden braunen Locken.

Konrad musste an den Vampirfilm denken, den er einmal heimlich spätnachts gesehen hatte, als Arabella nicht zu Hause gewesen war. Der Vampir war weiß wie ein Laken gewesen, hatte eine Glatze gehabt und blutunterlaufene Augen. Bei dem Vampirjungen zeichneten sich unter den Augen bläuliche, halbmondförmige Schatten ab, wodurch er aussah, als hätte er seit Wochen nicht mehr richtig geschlafen. Seine Haut war bleich und das Haar so kurz rasiert, dass nur noch ein bisschen Flaum übrig war – also sah es immerhin *fast* wie eine Glatze aus.

Konrad spähte verzweifelt in alle Richtungen, aber der Vampir schien tatsächlich der einzige andere Junge zu sein. Das konnte ja heiter werden!

»Sind Sie denn Mitglied im Verein der *Weisen Frauen*?«, fragte die Lehrerin Arabella gerade.

»Und haben Sie einen Mitgliedsausweis?«, wollte Frau Bramer wissen.

Konrad sah, wie Arabellas Gesicht sich chamäleonartig rot färbte. »Nein, ich bin bei den *Hellsichtigen Heilerinnen*«, sagte sie ärgerlich. »Aber was spielt das bitte für eine Rolle? Mein Junge ist ab-so-lut begabt, und wenn Sie sich weigern ihn aufzunehmen, werde ich mich bei der Schulleitung beschweren!«

»Sie können es ja probieren!«, erwiderte Frau Schiwer schnippisch, und Frau Bramer glotzte Arabella über den Rand ihrer Rabenflügelbrille herausfordernd an.

»Los, Konrad, zeig's ihnen!«, zischte Arabella wütend.

Noch nie hatte Konrad sie so außer sich gesehen. Arabella zitterte richtig vor Wut. Er starrte auf die beiden Frauen, die vor ihm saßen, und fast augenblicklich, ohne dass er es hätte verhindern können, spürte er den Stromschlag wieder, der aus den tiefsten Tiefen seines Körpers zu kommen schien.

Der Tisch, die Stühle und mit ihnen Frau Schiwer und Frau Bramer begannen zu zittern, als würde direkt unter ihnen ein Erdbeben losbrechen, dann erhoben sie sich schwankend und schaukelnd in die Luft.

Die beiden Frauen hatten die Münder aufgerissen und klammerten sich an ihren Stühlen fest. Frau Bramers Gesicht verlor rasch an Farbe, bis es schließlich so weiß war wie das des kahlköpfigen Vampirs aus dem Horrorfilm.

Im Saal herrschte Totenstille. Alle starrten nach oben.

»Ist er nun begabt oder nicht?«, rief Arabella.

Konrad spürte, wie ihn die Kräfte verließen. Es war ein seltsames Gefühl – als würde er etwas heben, ohne es tatsächlich zu berühren. Und der Tisch, die Stühle und die beiden Frauen waren viel, viel schwerer als ein Modellflugzeug!

Sehr viel länger würde er das alles nicht mehr halten können.

»Der Junge ist aufgenommen!«, keuchte Frau Schiwer zu Arabella herunter. »Der Unterricht beginnt morgen Nachmittag um drei!«

Der musikalische Hai

Die Frauen in dem Arkana-Zentrum hatten Arabella so wütend gemacht, dass sie ihr *Leider geschlossen!*-Schild an die Ladentür hängte und den ganzen Nachmittag mit ihren Freundinnen von den *Hellsichtigen Heilerinnen* telefonierte. Zuerst drei Stunden lang mit Monalisa, und zwar zu dritt, per Konferenzschaltung. Und weil es ihr danach immer noch nicht besser ging, rief sie gleich auch noch Mizzi Stadlhuber in Wien an. Wie sich herausstellte, wusste Mizzi über die *Weisen Frauen* eine ganze Menge.

»Sie halten sich für die besten und gescheitesten Hexen der Welt«, erzählte Arabella beim Abendbrot. »Und sie glauben felsenfest daran, dass Männer keinen Sinn für Übersinnliches haben und dass altes Hexenwissen nur von Frauenohr zu Frauenohr weitergegeben werden darf.«

»Heißt das, alles ist *top secret*?«, fragte Konrad.

»Topf Siegrid?«

»Na, total geheim.«

Arabella nickte. »Sie haben weltweit Mädchenschulen eröffnet, in denen dieses Geheimwissen unterrichtet wird. Und stell dir mal vor, wer den Verein der *Weisen Frauen* gegründet hat!«

»Keine Ahnung«, sagte Konrad und biss in sein Fischbrötchen.

»Olivia Stone!«

»Wer ist denn das?«

»Also Konrad!«, rief Arabella entrüstet. »Olivia Stone! Die Autorin von *Entdecke die Hexe in dir*!«

Entdecke die Hexe in dir war Arabellas absolutes Lieblingsbuch, in dem sie jeden Abend las. Es lag auf ihrem Nachttisch und hatte einen matten Silbereinband, der wie Mondlicht schimmerte. Früher hatte Arabella Konrad öfter daraus vorgelesen, bis er sich schließlich geweigert hatte – er fand es einfach nur sterbenslangweilig.

»Also, ich weiß nicht«, sagte Arabella. »Diese *Weisen Frauen* kommen mir seltsam vor. Ich frage mich, ob du da wirklich hingehen solltest.«

»Aber ich habe die Prüfung doch bestanden!«

»Stimmt, das hast du. Und ich bin superstolz auf dich. Wenn du keinen Sinn für Übersinnliches hast, wer denn dann?«

»Meinst du ehrlich?«

»Absolut«, versicherte Arabella und begann den Tisch abzuräumen.

An diesem Abend lag Konrad oben in seiner Dachkammer noch lange wach und dachte nach. Er konnte doch unmöglich als einziger Junge in eine Mädchenklasse gehen! Er würde sich einfach albern vorkommen. Und außerdem: Was würde passieren, wenn irgendjemand an seiner Schule davon erfuhr? Benno Bullmann, Matti und Rollo zum Beispiel? Sie würden es überall herumerzählen. Dann hätte er keine ruhige Minute mehr, weil ihn jeder in der Schule aufziehen würde, alle Jungen, alle Mädchen, vielleicht sogar Jette die Nette. Nein, das war ganz und gar unmöglich … Andererseits wollte er unbedingt hellsehen lernen, und Dinge, die *top secret* waren, hatten Konrad immer schon brennend interessiert. Vielleicht war es ja genauso einfach wie Telekinese? Vielleicht würde er ganz schnell Forschritte machen und konnte das Arkana-Zentrum nach einer Woche schon wieder verlassen? Am Nachmittag, während Arabella zum Telefonieren verschwunden war, hatte Konrad heimlich geübt, die reparierte DC-10 durchs Zimmer segeln zu lassen, und es hatte so gut geklappt, dass er inzwischen sogar Achten und Loopings fliegen konnte, ohne sich besonders anzustrengen!

Ich *muss* hellsehen lernen, überlegte Konrad. Ich muss herausfinden, wer meine Eltern sind. Und außerdem brauche ich ja niemandem in meiner Klasse was vom Arkana-Zentrum zu erzählen …, konnte er gerade noch denken, und im nächsten Moment war er bereits eingeschlafen.

»Warum können wir denn nicht zusammen nach Hause fahren? Also, in letzter Zeit benimmst du dich wirklich seltsam – hast du was gegen mich?«, sagte Jette am nächsten Tag, als sie nach der Schule durch den Park zur Haltestelle liefen.

Konrad verfluchte sich im Stillen. Warum hatte er sich nicht schon vorher eine gute Ausrede überlegt? Auf die Schnelle irgendetwas zu erfinden, war nicht gerade seine Stärke. Weil an diesem Tag im Laden viel zu tun war, konnte Arabella ihn diesmal nicht abholen und zum Arkana-Zentrum fahren –

deswegen musste er den Hunderter-Bus nehmen, der vom Planetarium zum alten Hafen fuhr.

»Ich, äh, ich fahre nicht nach Hause, sondern zum alten Hafen«, stammelte Konrad und verfluchte sich zum zweiten Mal.

»Zum alten Hafen?«, fragte Jette. »Das ist ja eine Weltreise! Was machst du denn da?«

»Fußballtraining. Da ist so ein neuer Verein, bei denen spiel ich jetzt mit.«

Konrad beschlich das ungute Gefühl, dass Jette ihm nicht richtig glaubte. Sie kniff die Augen zusammen und sah ihn forschend an. »Und wo hast du dein Sportzeug?«, bohrte sie weiter.

»Das kann man da ausleihen, zur Not«, behauptete Konrad. »Es ist ein ganz besonderer Verein, echt. Man muss erst eine Aufnahmeprüfung bestehen, und die habe ich geschafft! Und einmal im Monat kommt ein Spieler von der Nationalelf und gibt uns Tipps fürs Training.« Oha, dachte Konrad, das klingt jetzt vielleicht doch ein bisschen übertrieben.

Jette verdrehte die Augen. »Maaann, Konrad! Ich wusste gar nicht, dass du so ein Angeber bist!« Und damit ließ sie ihn einfach stehen und stieg in die Straßenbahn.

Die Fahrt zum alten Hafen dauerte eine Ewigkeit, und Konrad kam gerade noch rechtzeitig. Am Eingang zum großen Saal stand Frau Bramer und begrüßte jeden. Als sie Konrad entdeckte, begannen ihre Augen hinter der Rabenflügelbrille wieder heftig zu zwinkern. »Guten Tag«, sagte sie. »Du kannst dich zu Ivo setzen, in die zweite Reihe.«

»Danke«, sagte Konrad verwirrt. Ivo? Was war das denn für

ein seltsamer Name? Und konnte er denn nicht einfach sitzen, wo er wollte?

Der große Saal war bloß zur Hälfte gefüllt – offenbar hatten viele der Bewerberinnen die Prüfung nicht bestanden. Vorne in der zweiten Reihe war allerdings nur noch ein einziger Platz frei, an dem Zweiertisch links vom Mittelgang. Und an diesem Tisch saß, Konrad konnte es kaum glauben, der *Vampir*!

Konrad hatte sich noch nie so gefreut, jemanden zu sehen, den er eigentlich überhaupt nicht kannte. Dem Vampirjungen schien es ähnlich zu gehen, denn er grinste ihn an.

»Ich heiße Ivo«, sagte er.

Konrad stellte sich ebenfalls vor und setzte sich neben ihn.

In der ersten Reihe drehte sich ein blondes Mädchen mit Pferdeschwanz um und lächelte Konrad an.

Ivo beugte sich ein wenig zur Seite. »Das ist Sabrina«, erklärte er mit gedämpfter Stimme. »Sie hat ein Talent für Wundermittel, speziell für Liebestränke. Wenn sie dir irgendwann mal was zu trinken anbietet, darfst du's auf keinen Fall trinken!«

»Und warum nicht?«

Sabrina drehte sich zum zweiten Mal um und grinste so breit in Konrads Richtung, dass ihre Zahnspange zu sehen war.

»Sie ist küsswütig!«, raunte Ivo.

»Oh … Woher weißt du das?«

»Wir gehen in dieselbe Schule.«

Sabrina streckte Ivo die Zunge heraus und drehte sich wieder um.

»Hat sie dir auch schon mal was zu trinken angeboten?«, erkundigte sich Konrad leise.

Ivo schwieg, deswegen beschloss Konrad, lieber das Thema zu wechseln. »Wie hast du's geschafft, dass sie dich aufgenommen haben?«, fragte er.

»Ich kann Tote sehen«, flüsterte Ivo. »Und ihre Gedanken lesen.«

»Jaja … schon klar.« Konrad lachte.

»Nein, im Ernst«, sagte Ivo. »Ich habe die Mutter der Lehrerin gesehen. Sie ist seit vier Jahren tot. Und sie hatte eine Botschaft für ihre Tochter. Die habe ich ihr ausgerichtet.«

»Oh.« Konrad spürte, wie sein Magen sich zusammenzog.

»Kannst du … Könntest du meine Mutter auch sehen?«, fragte er.

Ivo nickte. »Klar. Ist sie denn tot?«

Konrad biss sich auf die Lippen und zuckte mit den Achseln. Er spürte, wie ihm ein eisiger Schauer den Rücken hinunterlief – als hätte ihn eine eiskalte Hand am Nacken gepackt.

Ivo blickte ihm direkt in die Augen und schüttelte den Kopf. »Nein, ich kriege keine Verbindung. Sie ist garantiert nicht tot.«

Konrad atmete geräuschvoll aus. »Und empfängst du auch Botschaften von Lebenden?«

»Leider nicht«, flüsterte Ivo – da hörte Konrad plötzlich zwei wohlbekannte Stimmen.

»Konraaad, huhuuu!«

Er fuhr erschrocken herum und entdeckte Monalisa, die

mit einer ganzen Gruppe von Frauen gerade den Saal betreten hatten und den Mittelgang entlangkamen.

Konrad stöhnte innerlich auf. Offenbar fand der Kurs *Entdecke die Naturgeister* ausgerechnet im Arkana-Zentrum statt! Das konnte ja heiter werden. Er war froh, nicht direkt am Gang zu sitzen, sonst hätte Lisa ihn womöglich gleich mit einem Kuss begrüßt.

Neben Mona stand die Kursleiterin Frau Avalon, die einen blütenweißen Jogginganzug trug. Konrad erinnerte sich noch aus Arabellas Yogazeit an sie, eine hagere Frau mit stets gebräunter Haut und blond gebleichten Haaren.

Lisa zwinkerte ihm zu, warf ihre beiden grauen Zöpfe nach hinten, und die Frauen verschwanden durch die Seitentür des Saals in einem kleineren Nebenraum.

Kurz darauf erschien endlich Frau Schiwer und warf einen kurzen, prüfenden Blick auf die Tischreihen zu ihrer rechten Seite, dann auf die zu ihrer linken, und schließlich schritt sie würdevoll den Mittelgang hinunter, bis zur Tafel, neben der ein großer Gong aus Bronze in einem Holzgestell auf Rollen hing.

Frau Schiwer zog das Rollgestell ein wenig nach vorn und schlug mit einem Klöppel, der an ihrem Gürtel baumelte, zweimal auf den Gong. Es ertönte ein tiefer Ton, der den ganzen Raum durchströmte, ein Vibrieren, das in jeden kleinsten Winkel drang, so tief, dass sich die winzigen Haare auf Konrads Armen kerzengerade aufstellten.

»Liebe Kinder …«, begann Frau Schiwer gerade – da sprang plötzlich die Tür auf, und ein Mädchen mit einer vollgestopften Umhängetasche stürmte in den Saal. Im Laufen rutschte ihr die Tasche von der Schulter, und ihre Bücher und Stifte fielen heraus. Sie bückte sich eilig, um alles wieder aufzusammeln, dann rannte sie nach vorn und setzte sich auf den letzten noch freien Platz in der zweiten Reihe.

Frau Schiwer bedachte das Mädchen mit einem strengen Blick. »Liebe Kinder, willkommen im Arkana-Zentrum für spirituelle Energie«, wiederholte sie. »Wer von euch kann mir denn sagen, was spirituelle Energie überhaupt ist … ja, bitte?«

Ivo hatte sich sofort gemeldet. »Albträume«, raunte er mit heiserer Stimme. »Geister und Gespenster, die nachts in dein Zimmer kommen und dir schreckliche Dinge ins Ohr flüstern. Dunkle Schatten hinter der Gardine, schaurige Schreie im Nebel, Tote, die um Mitternacht aus ihren Gräbern steigen …«

»Das *reicht*!«, keuchte Frau Schiwer. Konrad bemerkte, dass sie ganz blass geworden war, und ihre Unterlippe zitterte ein bisschen. Sie räusperte sich. »Milli, was denkst du?«

Konrad warf einen Blick zum rechten Nachbartisch. Das Mädchen, das zuletzt hereingekommen war, hatte schulterlanges dunkelbraunes Haar und olivfarbene Haut. An ihrem Handgelenk rasselten fünf Armreife, und am linken Ohr trug sie einen goldenen Ohrring. »Strom«, sagte es, ohne lang zu überlegen. »Energie ist, wenn man Strom erzeugt. Und zwar mit Wasserkraft. Oder mit Atomkraftwerken, durch Kernspaltung. Kernspaltung funktioniert sehr einfach: Man nimmt ein Atom …«

»Wir reden hier nicht über Atome!«, unterbrach Frau Schiwer sie ärgerlich und warf Milli einen zweiten strengen Blick zu. »Spirituelle Energie hat nichts mit Strom oder Atomen zu tun, sondern mit unseren Gedanken. Das ist das Erste, was ihr lernen müsst: Gedanken sind spirituelle Energie. Stellt euch vor, jeder winzige Gedanke ist ein Energiefunken!« Sie griff in die Tasche ihrer Jacke und warf eine Handvoll Glitzerschnipsel in die Luft, die schillernd und flimmernd zu Boden schwebten wie silbernes Konfetti.

Ein paar der Glitzerschnipsel landeten auf Konrads Tisch. Für eine Lehrerin, fand Konrad, benahm sich Frau Schiwer ziemlich merkwürdig. Jedenfalls im Vergleich zu Frau Rosenbaum oder Herrn Baller, dem Erdkundelehrer.

»Gedanken!«, wiederholte Frau Schiwer, »… sind Energie. Eine Kraft, die Dinge in Bewegung bringt, die Berge versetzen kann, die …«

»Na ja, Berge sind schon ein bisschen groß«, sagte Konrad und dachte daran, wie schwer es gewesen war, die beiden Frauen und den Tisch in die Luft zu befördern.

Frau Schiwer sah ihn tadelnd an. »Wir melden uns bitte, wenn wir etwas sagen wollen«, erklärte sie und wackelte verärgert mit dem Kopf, wodurch sich das Lametta in ihrem Haar ein wenig verhedderte. Dann redete sie weiter über Gedanken, über Energie, über die Sterne und das Schicksal.

Konrads Gedanken schweiften ab. Er musste an Monalisa und Arabella denken, die sich auch immer über solche Themen unterhielten. Sterne und Schicksal interessierten ihn kein bisschen. Viel lieber hätte er gewusst, wann sie mit dem Hellsehen anfangen würden. Aber Frau Schiwer redete und redete und hörte überhaupt nicht wieder auf.

Der große graue Hai, der über dem Lehrerpult von der Decke hing, schien sich ebenfalls zu langweilen. Seine Glasaugen waren so trüb, als würde er jeden Moment einschlafen.

Konrad betrachtete ihn genauer. Er war wirklich groß, bestimmt zwei Meter. In dem halb geöffneten Maul waren seine spitzen Zähne zu sehen, und an seinem Kopf konnte man fünf Kiemenspalten erkennen, durch die er früher mal geatmet hatte.

Konrad stutzte. Der Hai atmete! Die Kiemenspalten begannen sich plötzlich zu bewegen! Alle fünf öffneten sich gleichzeitig, wie ein Schiebegitter, es ertönte ein knackendes Geräusch, und plötzlich war leise Musik zu hören, die langsam immer lauter wurde.

Die anderen Kinder hoben die Köpfe. Es war eine sonderbare Musik, fand Konrad. Sie klang nach klingelnden Kristallen und blubbernden Blasen oder so ähnlich, und mittendrin setzten auf einmal Fanfaren ein und spielten einen feierlichen Tusch, wie die königlichen Trompeter kurz vor Beginn eines Ritterturniers.

Frau Schiwer rannte zum Eingang und nahm rechts von der Tür Aufstellung. Auf der linken Seite stand bereits heftig atmend Frau Bramer, die soeben in den Saal geschlüpft sein musste.

Alle Kinder drehten sich um und blickten neugierig zur Tür. Das Trompetenkonzert aus dem Hai wurde noch ein wenig lauter und feierlicher, dann öffneten Frau Schiwer und

Frau Bramer wie auf ein geheimes Kommando gleichzeitig beide Flügel der großen Tür, und herein schritt eine würdevolle Dame in einem weißen wallenden Gewand. Sie hatte schneeweiße Haare, die aussahen wie ein flauschiger Berg aus Zuckerwatte, und um den Hals trug sie ein kleines schwarzes Band aus Stoff.

Frau Schiwer und Frau Bramer verneigten sich vor ihr. Aus dem Hai ertönte nun feierliche Marschmusik, und die Dame schritt im Takt der Trompetentöne nach vorn zum Lehrerpult. Dort drehte sie sich um und hob die Arme – was durch die langen, bogenförmigen Ärmel fast aussah wie ein Engel, der seine Flügel ausbreitete.

Konrad sah, dass die Dame in ihrer linken Hand eine kleine schwarze Fernbedienung hielt, die auf den Hai gerichtet war. Im nächsten Moment brach die Musik ab, das Kiemengitter des Hais schloss sich wieder, und die weißen Engelsarme sanken herab.

»Lieben Kindörr!«, sagte die Zuckerwattendame. »Hörrzlick willkommen. Meine Name ist Mrs Stone, und ick bin die Direktörrin von dieses Schule. Vörrzeihung, wenn ick ein wenick mörrkwurdick sprecke – ick komme aus Sydney in Australia, und ick finde es absolut wandervoll und lieblick, euk zu haben hier in meine Schule!«

Der knallrot geschminkte Mund der Direktorin lächelte.

»Ihr habt Gluck, dass dies hier ist die beste spirituelle Schule von die Welt, und euren Muttern geben viel Geld aus fur dieses Ausbildung – also mackt euren Muttern stolz und lörrnt so viel ihr könnt!«

Die Direktorin schien gerührt zu sein. Konrad hätte schwören können, dass in ihren Augen zwei winzige unauffällige Tränen glitzerten. Lächelnd schritt sie zwischen den Tischen entlang, und als sie an Milli vorbeikam, legte sie ihr kurz die Hand auf die Schulter und nickte ihr wohlwollend zu.

»Du bist so ein begaaabtes Mädschen. Ihr alle, alle, alle … Und es mackt mick sehr, sehr glucklick, dass ihr hier seid. Habt ihr örrgendwelsche Fragen?«

»Ja.« Konrad meldete sich. »Wann lernen wir hellsehen, und wie lange dauert es, bis man es kann?«

Mrs Stone fuhr herum, und ihre lächelnden Lippen wurden zu zwei knallroten dünnen Strichen, als sie Konrad und Ivo entdeckte. Ihr Kopf mit dem flauschigen Berg aus Zuckerwatte begann zu beben, und ihre Augen funkelten. »Schiwer und Bramer!«, rief sie. »Wie kommen die Jungen hier in dieses Klasse? Ick verlange eine Örrklärung!«

Frau Schiwer und Frau Bramer kamen herbeigerannt und flüsterten der Direktorin aufgeregt etwas ins Ohr, Frau Schiwer von rechts, Frau Bramer von links.

»Wie bitte?«, sagte Mrs Stone. »Bitte eine nach die andörre.«

Die beiden Frauen flüsterten weiter, diesmal abwechselnd.

Mrs Stone hob erst eine Augenbraue und dann die andere. Dann schnaubte sie verächtlich und rauschte, ohne Konrads Frage zu beantworten, aus dem Saal.

Arabisch für Anfänger

Vera hatte das Fläschchen *Lingua Magica* getrunken, das Arabella ihr gebracht hatte, und das Mittel hatte tatsächlich gewirkt. Sie sprach inzwischen nicht nur Italienisch, sondern auch alle anderen Sprachen, und zwar perfekt! Das Unglaublichste war, dass sie nun auch Bücher in fremden Sprachen lesen konnte. Im hintersten Winkel eines alten Buchladens hatte sie ein afrikanisches Märchenbuch auf Suaheli gefunden, das nun im Bonbonladen neben ihrer Kasse lag. Und wenn gerade nicht so viel zu tun war, las Vera schnell ein Märchen – dann konnte es passieren, dass sie plötzlich »Hujambo!« statt »Guten Tag!« sagte, wenn ein Kunde den Laden betrat.

Renaldo kam mit dem Zug aus Florenz, und Vera holte ihn vom Bahnhof ab, warf sich in seine Arme und begrüßte ihn in bestem Italienisch, genau wie sie es sich gewünscht hatte. Und Renaldo war so begeistert, dass er »Mamma mia!« rief, seine Tasche fallen ließ, Vera in seine Arme schloss und sie auf dem Bahnsteig herumwirbelte.

Bei Krax hatte der Trank leider nicht so gut gewirkt. Der Rabe hatte das ganze Wochenende verschlafen, und als er schließlich aufwachte, sprach er immerhin ein paar Worte, aber es klang sehr krächzig, und man musste ganz genau hinhören, um ihn zu verstehen. »Das kommt von der Überdosis – du hast viel zu viel davon getrunken!«, schimpfte Arabella.

Krax war so unglücklich, dass er einen ganzen Tag schweigend in seinem Brotkorb auf dem Küchenschrank verbrachte. Irgendwann hatte Konrad die Dauertrauer des Raben einfach nicht mehr ertragen, deswegen gab er ihm nun regelmäßig nach der Schule Sprachunterricht – außer dienstags und donnerstags, denn das waren die Nachmittage, an denen er zum alten Hafen fuhr.

Wenn Konrad aus der Schule kam, saß Krax wieder wie früher wartend oben in der Dachkammer, und dann begannen sie mit dem Alphabet:

»KRAH, B, C, D, E, F, KRÄH …«, krächzte Krax.

»G, Krax, G!«

»Kräh!«

»Nein«, sagte Konrad. »Das war's noch nicht. Du musst sagen: GEEE, deutlich und klar!«

»Kräh, kräutlich und krah!«

Konrad seufzte. »Nein, Krax, du musst es *anders* sagen.«

»Krawumm?«, fragte Krax.

Konrad musste lachen. »WAAA-RUM heißt es. Das W muss nach vorne!«

»Wakrumm?«

Leider machte Krax kaum Fortschritte, aber sie gaben trotzdem nicht auf, und manchmal hörte Arabella den beiden beim Unterricht zu. Dann freute sie sich, dass Konrad sich mit dem Raben so viel Mühe gab.

In der Schule liefen die Dinge nicht so gut. Jette schien beleidigt zu sein und redete kaum mehr mit Konrad, seit er ihr die Lüge mit dem Fußballtraining aufgetischt hatte. In der Pause sah er, wie sie sich mit Matti und Rollo unterhielt, die immer noch überall herumerzählten, er hätte Benno einen gebrochenen Arm angehext. Konrad merkte es daran, dass ihn auf dem Pausenhof alle anstarrten und dass niemand sich in seine Nähe wagte. Auch Benno Bullmann stand in den Pausen allein in einer Ecke und starrte Löcher in die Luft. Seit er mit Matti und Rollo verkracht war und den Gipsarm trug, hatte er sich merkwürdig verändert. Er schwang keine großen Reden mehr, er ärgerte niemanden, er ließ sogar Tim in Ruhe, der wie immer die meiste Zeit geistesabwesend aus dem Fenster sah. Konrad hatte ein paarmal daran gedacht, Tim zu fragen, ob es seiner Mutter besser ging, aber dann hatte er sich doch nicht getraut und es lieber gelassen.

Der zweite Tag, an dem Konrad nach der Schule zum alten Hafen fuhr, war ein Donnerstag, und als er im Arkana-Zentrum ankam, ging er zuerst ins Sekretariat.

Frau Bramer zuckte zusammen, als er ihr kleines Büro betrat, und Konrad sah, wie ihre Hand blitzschnell nach einer kleinen flachen Flasche griff, die vor ihr auf dem Tisch stand, und sie in einer Schublade verschwinden ließ.

»Was willst du?«, fragte sie schroff und warf ihm über den Rand ihrer Rabenflügelbrille einen ärgerlichen Blick zu.

»Ich habe das Geld dabei«, sagte Konrad. »Für den Grund- und Aufbaukurs *Spirituelle Energie, Teil 1.*«

Frau Bramers Miene hellte sich merklich auf. Sie holte einen graublauen Metallkasten aus dem Schrank und öffnete ihn mit einem winzig kleinen Schlüssel. Dann schlug sie ein großes Buch auf, griff nach ihrem Füller und begann Zahlen zu notieren.

Hinter Konrads Rücken waren plötzlich seltsame Geräusche zu hören: erst ein Kratzen und dann ein hohes Fiepen, das sich so ähnlich anhörte wie das leise Quietschen einer Tür.

»Jaaa, mein Kleiner, ist ja gut, du Süüüßer, du«, sagte Frau Bramer, ohne aufzublicken.

»Äh, wie bitte?«, fragte Konrad verdutzt.

»Ich meinte Rasputin.« Frau Bramer deutete zum Fenster hinüber. Konrad drehte sich um und sah auf dem Fensterbrett einen Korb, in dem ein fetter schwarzer Kater lag, der gerade gähnend das Maul aufriss. Konrad ging hin, um ihn zu streicheln, aber da sprang Frau Bramer hastig von ihrem Tisch auf und rief ihn zurück. »Neineineinein, das mag er gar nicht. Rasputin ist absolut *allergisch* gegen Liebkosungen! Wenn man ihn berührt, greift er sofort an!«

»Er greift an?«, wiederholte Konrad ungläubig.

»Katzen sind wilde Tiere«, erklärte Frau Bramer. »Man muss ihnen ihre Freiheit lassen. Hier bitte, deine Quittung.«

Sehr wild sah Rasputin nicht gerade aus, fand Konrad. Er warf einen letzten Blick auf den dösenden Kater, dann wünschte er Frau Bramer einen schönen Tag und ging hinaus.

Ivo wirkte noch viel bleicher als sonst, als Konrad in den großen Saal kam und sich neben ihn setzte. »Ich glaube, hier spukt es«, flüsterte er. »Ich höre unheimliche Schritte über uns. Hörst du das auch?«

Konrad horchte. Und tatsächlich, von oben waren Schritte zu hören und das Knarren alter Dielen. Konnte es sein, dass im Stockwerk über ihnen jemand auf und ab ging? Und wenn es so war, wie war derjenige dort hinaufgekommen? Konrad konnte sich nicht daran erinnern, eine Treppe gesehen zu haben, die nach oben führte.

»Ich höre es auch«, sagte er.

Ivo wirkte erleichtert. »Gott sei Dank«, sagte er. »Dann sind es jedenfalls keine Gespenster.«

Kurz darauf erschien Frau Schiwer, und der Unterricht begann. Auf dem Stundenplan standen erste Übungen im Gedankenlesen. »Wir denken ganz fest an einen bestimmten Gegenstand«, rief Frau Schiwer. »Kon-zen-tra-tion bitte! Und jemand anders versucht, diesen Gegenstand zu sehen! Nicht raten! SEHEN! Jeder sucht sich einen Partner!«

Sabrina aus der ersten Reihe drehte sich um und lächelte ihr Zahnspangenlächeln. »Hallo, Konrad! Willst du mal meine Gedanken lesen?«, fragte sie.

»Äh, na ja …«, stammelte Konrad. Ivo warf ihm einen warnenden Blick zu. »Ich probier's mit Ivo.«

»Mit diesem Blödmann!«, fauchte Sabrina und drehte sich wieder um.

Ivo grinste. »Ich zuerst«, sagte er.

Konrad konzentrierte sich und dachte an Arabellas Zebrafrosch, der in der letzten Vollmondnacht bei ihm auf dem Bett gesessen hatte.

Ivo schaute ihn an, und seine Augen wurden zu zwei schmalen Schlitzen. Es dauerte nur ein paar Sekunden, dann sagte er: »Ein Frosch, schwarz-weiß gestreift.«

»Genial!«, rief Konrad verblüfft.

»Er liegt auf einem Zebrastreifen«, fuhr Ivo fort. »Platt wie ein Pfannkuchen, vom Auto überfahren … Das ist zu einfach, Konrad. Du darfst an nichts denken, was nicht mehr lebt!«

»Oh. Ich wusste nicht, dass er überfahren wurde«, entschuldigte sich Konrad und überlegte, ob wohl noch mehr von Arabellas Fröschen auf ihrer Wanderung verunglückt waren …

»Du bist dran«, sagte Ivo. Er schloss die Augen und konzentrierte sich.

»Hm. Ein Gespenst?«, fragte Konrad.

Ivo schüttelte den Kopf.

»Ein Geist, ein Vampir, eine Mumie, ein Monster?«

»Nicht raten, SEHEN, Konrad, SEHEN!«, ermahnte ihn Frau Schiwer, die gerade würdevoll an ihnen vorbeischritt. Plötzlich blieb sie stehen und warf einen verdutzten Blick auf Konrads rechten Nachbartisch. Dort saß das braunhaarige Mädchen ganz für sich allein und las in einem Buch. Frau Schiwer schnappte nach Luft.

»Darf man erfahren, was du da liest, Milli? Und hat es irgendetwas mit spiritueller Energie zu tun?«, fragte sie.

»Nein«, sagte Milli schuldbewusst und klappte das Buch zu.

»Darf ich mal sehen?«

Milli zeigte ihr das Buch.

»Arabisch für Anfänger«, las Frau Schiwer und runzelte die Stirn. »Und erklärst du mir vielleicht, weshalb du an unserer kleinen Übung nicht teilnimmst und stattdessen lieber liest?«

»Das magnetische Mädchen fehlt«, erklärte Milli und deutete auf den leeren Platz neben sich. »Mit wem soll ich dann Gedanken lesen? Also les ich eben mein Buch.«

Frau Schiwer nahm ihr das Buch weg. »Kommt nicht infrage«, sagte sie ärgerlich. »Konrad, du setzt dich zu Milli. Sabrina, du setzt dich so lang zu Ivo. Und ich helfe in der ersten Reihe.«

»Zu diesem Blödmann!«, beschwerte sich Sabrina. Aber dann stand sie doch auf und kam herüber.

Konrad setzte sich auf den leeren Platz neben Milli. »Okay«, sagte er. »Wer fängt an?«

»Ich«, sagte Milli. »Los, stell dir was vor. Fertig?«

»Fertig.« Konrad nickte.

»Eine Pyramide?«, fragte Milli.

»Nein.«

»Ein Basar?«

»Was ist denn das?«

»Ein arabischer Markt.«

»Ach so. Nein.«

»Eine Wasserpfeife?«

»Nein.«

»Ein Beduine?«

»Ein was?«

»Ein Be-du-ine. Das ist jemand, der in der Wüste lebt.«

Konrad schüttelte den Kopf.

Bei Ivo und Sabrina schien das Gedankenlesen besser zu funktionieren – was möglicherweise daran lag, dass sie sich schon länger kannten.

»Ein Liebespaar auf einer einsamen Insel«, sagte Ivo gerade.

»Stimmt!«, rief Sabrina verblüfft. »Woher *weißt* du das?«

Ivo verdrehte die Augen.

»Hm … Ein Kamel?«, fragte Milli.

Konrad lachte. »Nein. Ich glaube, du machst was falsch.«

Milli seufzte. »Ich glaube auch«, sagte sie.

»Warum willst du denn Arabisch lernen?«, fragte Konrad.

»Meine Mutter ist Araberin«, erklärte Milli. »Ich kenne sie leider nicht, aber irgendwann werde ich sie bestimmt mal treffen, und dann will ich mich mit ihr unterhalten können. Deswegen fange ich schon mal an, Arabisch zu lernen. Das dauert nämlich *Jahre,* bis man es kann!«

»Verstehe.« Konrad nickte und dachte an Arabellas Wundermittel für Vera. Vielleicht war von dem *Lingua Magica* ja noch etwas übrig, und er konnte Milli ein Fläschchen davon mitbringen. Dann konnte sie sich das jahrelange Lernen sparen.

»Guck mal«, sagte Milli und löste vorsichtig den goldenen Ohrring von ihrem linken Ohr. »Das hier ist ein Ohrring von meiner Mutter. Es ist das Einzige, was ich von ihr habe – sieht toll aus, was?«

Konrad nahm den Ohrring vorsichtig in die Hand und betrachtete ihn. Er war lang und bestand aus zwei Teilen, die locker aneinanderhingen. Im oberen Teil war ein goldener Halbmond auf blauem Untergrund zu sehen, und direkt daneben blitzten zwei winzige goldene Sterne. Der untere Teil bestand aus kleinen goldenen Tropfen, die mit winzigen Haken am oberen befestigt waren, jeder Tropfen einzeln.

»Schön ist der.« Er gab ihr den Ohrring zurück.

»Eines Tages werde ich sie finden«, sagte Milli. »Das weiß ich einfach. Und dann kann ich Arabisch sprechen und kann sie alles fragen, was ich sie schon immer fragen wollte!«

»Dann ist es doch toll, dass du diesen Kurs hier machst«, sagte Konrad.

Milli runzelte die Stirn. »Wieso?«

»Na, wenn du hellsehen lernst, kannst du deine Mutter doch ganz einfach finden!«

Milli riss die Augen auf und starrte Konrad verblüfft an. »Du hast ja *recht*!«, rief sie. »Daran habe ich überhaupt noch nicht gedacht!« Sie war so außer sich vor Freude, dass sie ihn auf die Wange küsste, nicht nur einmal, sondern *drei*mal, erst links, dann rechts, dann noch mal links. Es ging so rasch, dass Konrad nicht einmal Zeit hatte zurückzuzucken, wie er es bei Lisas Begrüßungsküssen immer tat – aber eigentlich hätte er sowieso nicht zurückzucken wollen, denn Millis Küsse waren viel schöner als die von Lisa, und außerdem duftete Milli irgendwie nach … Konrad hatte keine Ahnung, wonach, aber jedenfalls unglaublich gut.

Sabrina drehte sich um und schaute wütend zu ihnen herüber. »Ihr seid wohl verliebt!«, rief sie.

Konrad räusperte sich verlegen und wollte irgendetwas antworten. Aber ihm fiel nichts ein.

»Quatsch«, sagte Milli schnell. »Das machen die Araber eben so. Zur Begrüßung und zum Abschied.«

»Ach, du willst schon gehen?«, erwiderte Sabrina schnippisch.

»Manchmal küssen sie auch einfach so zwischendurch«, fügte Milli hinzu, was bestimmt gelogen war, aber das spielte keine Rolle, dachte Konrad, weil Sabrina ja sowieso keinen blassen Schimmer davon hatte, was Araber so taten und was nicht.

In der zweiten Stunde begannen sie endlich mit dem Hellsehen. Frau Schiwer verteilte Kristallkugeln, aber immer nur eine für jeden Tisch, deswegen mussten Konrad und Milli sich eine teilen.

»Es ist dasselbe wie Gedankenlesen«, erklärte ihnen Frau Schiwer. »Nur dass wir die Bilder, die wir normalerweise in unserer Vorstellung sehen, in die Kugel lenken. Versucht es!«

Milli fing an. Sie stellte sich eine Wüste vor, mit drei Kamelen im Sandsturm, aber in der Kugel war nichts davon zu sehen. Konrad und Milli schauten genau hin. Das Einzige, was man erkennen konnte, war wabernder milchiger Nebel.

»Vielleicht ist es in der Wüste ja noch frühmorgens, vor Sonnenaufgang«, überlegte Milli. »Und ganz neblig.«

»Gibt es in der Wüste denn Nebel?«, fragte Konrad.

»Keine Ahnung. Aber irgendwann will ich mal hinfahren. Dann schau ich nach.«

Dann war Konrad dran. Er stellte sich Krax vor, den *schwarzen Tornado,* der pfeilschnell durch die Luft jagte. In den wabernden Nebel der Kristallkugel kam plötzlich Bewegung. Er begann zu strudeln und zu wirbeln.

»Ich sehe Rauchschwaden«, sagte Milli. »Von einer Wasserpfeife. Und irgendjemand hat einen Ventilator eingeschaltet. Und da ist etwas Schwarzes!«

»Wo?« Konrad reckte das Kinn.

»DA!« Milli tippte auf die Stelle, aber aus Versehen leider etwas zu heftig, sodass die Kugel vom Tisch hüpfte und in tausend Scherben zersprang.

Frau Schiwer regte sich furchtbar auf. Sie beendete den Unterricht fünf Minuten früher und schickte Milli zu Frau Bramer ins Sekretariat, um Schaufel und Handfeger zu holen, damit sie die Scherben zusammenkehrte. Und als Milli gerade mit dem Kehren fertig war, fiel ihr auch noch die Schaufel aus der Hand, und die Scherben verteilten sich zum zweiten Mal über den Fußboden.

Frau Schiwer bekam einen so heftigen Schreianfall, dass die Kinder aus dem Saal flüchteten.

»Weißt du, was wir machen?«, raunte Ivo Konrad ins Ohr. »Wir gehen mal rauf und sehen nach, was für Gespenster da oben herumpoltern!«

Sie schauten sich um. In dem Vorraum gab es nur drei Türen. Die große Flügeltür in der Mitte, die in den Saal führte, rechts der Eingang zu Frau Bramers Büro und ganz links eine kleine unscheinbare Holztür.

»Vielleicht ist dahinter eine Treppe?«, vermutete Konrad.

Ivo drückte die Klinke herunter. Die Tür war verschlossen.

»Darf man erfahren, was ihr hier sucht?«, fragte Frau Schiwer, die plötzlich lautlos wie ein Geist hinter ihnen aufgetaucht war.

Konrad und Ivo fuhren erschrocken herum.

»Diese Tür ist absolut nichts, was euch interessieren müsste!«

»Und warum nicht?«, erkundigte sich Ivo interessiert.

Frau Schiwer bedachte ihn mit einem strengen Blick und wechselte das Thema.

»Ich habe euch etwas mitzuteilen«, sagte sie. »Es ist bisher noch nie vorgekommen, dass zu den Kursen der *Weisen Frauen* Jungen zugelassen wurden. Aber die Direktorin hat über euren Fall nachgedacht und will eine Ausnahme machen – unter der Bedingung, dass ihr euch engagiert und den schwächeren Kursteilnehmerinnen Nachhilfe gebt.«

»Nachhilfe?«, fragte Konrad verdutzt. »Was denn für Nachhilfe?«

»In Geisterbeschwörung und Telekinese natürlich.«

»Und gehört Sabrina auch zu den schwächeren Kursteilnehmerinnen?«, fragte Ivo vorsichtig.

»Nein«, sagte Frau Schiwer. »Aber Milli.«

Konrad konnte sein Glück kaum fassen. Nach Millis Kuss hatte er die ganze Zeit überlegt, wie er es bloß anstellen sollte, sie einmal einzuladen. Sie einfach so zu fragen, hätte er sich nie getraut. Aber nun gab es ja einen wichtigen Grund! Er musste ihr *helfen*! Er musste ihr beibringen, wie man Flugzeuge oder Marmeladengläser durch die Luft schweben ließ. Und sie würde ihm begeistert zuhören und ihn einfach umwerfend toll finden!

»Von mir aus«, sagte er lässig, obwohl er innerlich jubelte.

»Wenn's sein muss …«, sagte Ivo und zuckte mit den Achseln.

Frau Schiwer nickte ihnen zu und schritt würdevoll in den großen Saal zurück.

»Das mit der Tür kriegen wir schon noch raus«, flüsterte Ivo, als sie hinausgingen.

Konrad grinste ihn an. Ivo sah zwar etwas seltsam aus, aber er war echt ein cooler Typ.

Draußen vor dem Eingang herrschte wildes Durcheinander. Mütter umarmten ihre Töchter, Autotüren schlugen zu, Motoren wurden angelassen, und dann bogen noch ungefähr zwanzig Frauen in blütenweißen Jogginganzügen um die nächste Ecke. Über den Schultern trugen sie weiße Sporttaschen, und plötzlich sah Konrad, wie sich eine der Frauen aus der Gruppe löste und winkend auf ihn zurannte!

Es war Lisa. Fast hätte er sie nicht erkannt, denn statt der sonst üblichen Zöpfe trug sie ihr Haar diesmal offen: eine dunkelgraue Löwenmähne, die aussah wie ein riesiger Topfreiniger aus Stahlwolle.

»Konraaad, hallooo!«, rief sie. »Lass dich begrüßen!« Und schon hatte sie ihn an den Schultern gepackt und ihm rechts und links einen peinlichen Kuss auf die Ohren gehaucht.

Genau in dem Moment, in dem ihre Hände sich wieder von seinen Schultern lösten, sah Konrad etwas, was ihm vor Schreck das Blut in den Adern gefrieren ließ.

Keine fünf Meter entfernt standen Matti und Rollo und glotzten ihn an!

»Sieh an, der Konrad«, höhnte Matti und verzog die Mundwinkel zu einem schiefen Lächeln. »Na, spielst du jetzt im Mädchenverein?«

»Und wo sind die Spieler von der Nationalmannschaft?«, fragte Rollo.

Geheimnisse

»Konrad, es tut mir leid!«, entschuldigte sich Jette am nächsten Tag, als sie auf dem Rückweg von der Schule zusammen in der Straßenbahn saßen. »Aber du hättest mir das mit der Ballettschule doch ruhig sagen können!«

Matti und Rollo hatten in der Pause überall herumerzählt, dass Konrad jetzt heimlich zum Ballettunterricht ging und dort mit den Mädchen herumhüpfte.

Konrad war noch nie so wütend auf Jette gewesen. Sie war an dem ganzen Schlamassel schuld. Natürlich hatte sie Matti und Rollo von dem neuen Fußballverein im alten Hafen erzählt, auch die Sache mit den Spielern von der Nationalelf. Und natürlich wollten Matti und Rollo sich die Fußballstars nicht entgehen lassen und waren noch am selben Tag zum alten Hafen gefahren, um sich den neuen Verein mal anzusehen. Konrad hätte sich ohrfeigen können, dass er diesen Quatsch mit der Nationalmannschaft erfunden hatte! Aber er wäre nie auf die Idee gekommen, dass Jette die ganze Geschichte brühwarm weitererzählen würde, und dann noch ausgerechnet Matti und Rollo!

»Es macht doch nichts, wenn du zum Ballett gehst«, sagte Jette feinfühlig und sah ihn mit großen verständnisvollen Augen an.

»Oh, vielen Dank, dass es nichts macht«, erwiderte Konrad. »Es ist bloß kompletter Blödsinn. Ich gehe nicht zum Ballett!«

»Ja, was denn dann?«, fragte Jette. »Das mit dem Fußballverein stimmt ja wohl auch nicht.«

»Was geht dich das überhaupt an?«, rief Konrad wütend. »Du bist doch bloß sauer, wenn du nicht immer über alles ganz genau Bescheid weißt. Lass mich in Ruhe!« Und weil die Bahn gerade hielt und die Türen zischend aufsprangen, stieg er einfach aus und lief zu Fuß weiter.

Jette starrte ihn durchs Fenster verdutzt an, während die Straßenbahn ratternd davonfuhr.

Konrad lief und lief, und im Laufen grübelte er darüber nach, warum eigentlich immer alles anders kam, als man es wollte. Er hatte sich darauf gefreut, auf eine neue Schule zu gehen, um Benno endlich los zu sein und neue Freunde zu finden. Und was war stattdessen passiert? Benno und er waren wieder in dieselbe Klasse gekommen. Dann hatte die ganze Schule Angst vor ihm gehabt, weil er Benno angeblich verhext hatte. Und nun lachten ihn alle aus, weil er angeblich Ballett tanzte. Es war zum Verrücktwerden! Und Jette, die bisher immer zu ihm gehalten hatte, war ihm in den Rücken gefallen und hielt inzwischen zu Matti und Rollo. Alles, wirklich *alles* war komplett anders, als er es sich gewünscht hatte!

Mit Vera und Renaldo schienen die Dinge auch nicht so zu laufen wie erhofft, denn als Konrad die Treppe zu Arabellas Kräuterladen hinaufstieg, hörte er aus dem Nachbarhaus plötzlich lautstarken Streit. Oben in Veras Wohnung stand das

Fenster offen, und ein italienischer Wortschwall hallte über die Straße, erst Renaldos tiefe Stimme, dann Veras hohe, die merkwürdig fremd klang, wenn sie auf Italienisch schimpfte.

»Merda, merda!«, brüllte Renaldo.

Konrad wusste zwar nicht, was das bedeutete, aber es war bestimmt nichts Gutes und auf keinen Fall *»Ich liebe dich!«.*

Im nächsten Moment war ein lautes Krachen und Poltern zu hören, Vera kreischte wütend auf, und dann kam Renaldos Reisetasche aus dem Fenster geflogen, gefolgt von einem Pullover, einer Jacke und einem Schuh.

Konrad sprang gerade noch rechtzeitig zur Seite, sonst hätte der Schuh ihn am Kopf getroffen! Wie seltsam, dachte er. Erst war ich mir sicher, dass Arabellas Trank nie im Leben wirkt und dass deswegen aus Veras Liebe nichts werden kann, weil Renaldo und sie sich ja gar nicht richtig verstehen. Aber dann ist alles anders gekommen, und der Trank hat tatsächlich gewirkt. Also habe ich gedacht, dass es jetzt die große Liebe wird, weil sie ja nun dieselbe Sprache sprechen. Und nun kommt noch mal alles ganz anders, weil sie sich offenbar *zu* gut verstehen. So gut, dass sie genau merken, was ihnen aneinander nicht gefällt. Also wird es nun doch nichts mit der Liebe, trotz Arabellas Wundermittel. Sehr seltsam.

Wunder machten das Leben anscheinend auch nicht sehr viel einfacher.

Am Wochenende liefen die Dinge leider ebenfalls anders als erwartet. Eigentlich hatten Konrad und Arabella zusammen mit Vera und Renaldo für den Sonntag ein Picknick im Park geplant. Aber als Krax am Sonntagmorgen beim Frühstück anfing, sein Krah-B-C aufzusagen, fiel Arabella siedend heiß ein, dass sie einen wichtigen Termin vergessen hatte.

»O Gott, heut Nachmittag muss ich mit Krax doch zur Selbsthilfegruppe!«, rief sie erschrocken.

Die Selbsthilfegruppe für Raben und Papageien mit Sprachproblemen fand zweimal im Monat statt und bestand aus Krax, zwei weiteren Unglücksraben und drei Ara-Papageien. Einmal war Konrad sogar mitgefahren, um sich die Gruppe anzusehen, aber die Einzigen, die dort geredet hatten, waren die Besitzerinnen der sechs traurigen Vögel gewesen.

Konrad war wütend. Er hatte sich so auf den Ausflug gefreut und außerdem gleich die Gelegenheit genutzt, um Milli zur Nachhilfe einzuladen. »So ein Park eignet sich ganz hervorragend für telekinetische Übungen mit Flugzeugmodellen«, hatte er ihr erklärt. Und die Idee, seine Flugzeuge für den Nachhilfeunterricht zu benutzen, war einfach genial. Falls es peinliche Pausen geben würde und sie nicht wussten, was sie sagen sollten, könnte er die Stille einfach überbrücken, indem er Milli interessante Einzelheiten über Flugzeugmotoren erzählte …

»Diese alberne Selbsthilfegruppe bringt doch eh nichts!«, schimpfte Konrad.

Krax hielt inne und blickte ihn mit großen ängstlichen Augen an.

Arabella legte den Zeigefinger an die Lippen und warf Konrad einen warnenden Blick zu. »Vielleicht ja doch …«, sagte sie. »Bitte, Konrad. Du kannst mit Vera und Renaldo schon mal in den Park fahren, und Krax und ich kommen dann so schnell wie möglich nach, okay?«

Also blieb Konrad nichts anderes übrig, als bei Vera mitzufahren. Doch als er eine halbe Stunde später sein Flugzeugmodell in ihren Kofferraum hievte und in ihren schwarzen Miniflitzer stieg, stellte er verwundert fest, dass sie allein im Wagen saß. Sie trug einen roten Strohhut mit breiter Krempe und eine riesige schwarze Sonnenbrille, die ihre Augen verdeckte. Ihr Mund lächelte ein bisschen schief.

»Kommt Renaldo denn nicht mit?«, fragte Konrad verwirrt.

Vera biss sich auf die Lippen und trat das Gaspedal durch.

»Ich werde ihm nie verzeihen, NIE!«, rief sie.

Offensichtlich hatten die beiden sich nach dem großen Streit nicht wieder vertragen, und Vera erzählte, dass Renaldo inzwischen ausgezogen war und nun in einem kleinen schäbigen Hotel wohnte.

»In dem da!« Sie deutete auf ein baufälliges Gebäude mit blinkender Leuchtschrift, während ihr Fiat über den Bahnhofsplatz jagte. An der Kreuzung schlitterte sie mit quietschenden Reifen um die Kurve.

Aus dem Kofferraum war ein unheilvolles Rumpeln zu hören.

»Mein Modellflugzeug!«, schrie Konrad auf.

»Entschuldige«, sagte Vera und schaltete einen Gang herunter. »Wo holen wir deine Freundin ab?«

»Sie ist nicht meine Freundin!«, protestierte Konrad.

»Na dann eben Milli.«

»Sie wollte mir nicht sagen, wo sie wohnt. Wir treffen uns am Brunnen.«

Vera wandte den Kopf und warf ihm einen schwarzen Sonnenbrillenblick zu. »Was für eine geheimnisvolle junge Dame …«, bemerkte sie und hob die Augenbrauen. Dann bog sie, vorsichtig und ohne zu rumpeln, links ab, und schon brausten sie die endlos lange Parkstraße hinunter, die zum Planetarium führte.

Konrad fand es auch seltsam, dass Milli ihm nicht verraten hatte, wo sie wohnte. Und außerdem machte er sich Sorgen, dass mit dem Treffen aus irgendwelchen Gründen etwas schiefging, genau wie mit Arabella und Renaldo. Vielleicht verpassten sie sich ja, oder möglicherweise hatte er sich die falsche Uhrzeit gemerkt, oder Milli meinte gar nicht den Schlangenbrunnen, sondern irgendeinen anderen …

Aber Konrads Sorgen waren unbegründet gewesen. Als sie zwanzig Minuten später in der Mitte des Parks ankamen, saß Milli auf dem Brunnenrand neben dem weinenden Wasserschwein und blinzelte in die Sonne. Ringsum brummten die Bienen durch die Blumenbeete, die Fontäne plätscherte vor sich hin, das warme Spätsommerlicht fiel auf den Kiesweg und ließ jeden einzelnen der hellen Steine aufleuchten.

Es war ein perfekter Picknicktag.

Milli winkte ihnen zu, und Konrad staunte, wie arabisch sie aussah. Sie trug ein halblanges orangefarbenes Kleid über schimmernden Hosen aus tiefroter Seide. An ihren Handgelenken rasselten noch mehr silberne und goldene Armreife als sonst, und über ihrer rechten Schulter hing ein kleiner, mit seltsamen muschelartigen Mustern bestickter Rucksack.

Die drei schlenderten quer über die Liegewiese zu einem schönen Platz, der im Halbschatten einiger Buchen lag, unweit der einsamen alten Eiche, an der Benno sich den Arm gebrochen hatte.

Vera breitete zwei große Decken aus. Dann öffnete sie die mitgebrachte Kühlbox und zauberte belegte Brötchen, Limonade und so viele köstliche Dinge aus ihrem Laden hervor, dass Konrad sich ernsthaft fragte, ob im Schaufenster und in den Regalen wohl noch genug übrig war, um es zu verkaufen.

Milli machte große Augen. »Was ist das denn alles?«, fragte sie.

»Also, das sind: Himbeerpoppel, Ozeantrüffel, Kandisknödel, Milchmakronen …«, begann Vera aufzuzählen.

»Schokoschaumwaffeln, Flabberwatte, Marzipanmöpse, Eierschaumschläger und Kokoskräcker«, ergänzte Konrad.

Sie probierten von jeder Sorte etwas, und als ihnen fast schon schlecht wurde und die ersten Ozeantrüffel in der warmen Sonne zu zerlaufen begannen, packte Vera die Reste schnell zusammen, machte es sich auf ihrer Decke gemütlich und schlug ihren Lieblingskrimi auf. Der Krimi hieß *Der Tod des Gondelfahrers*, und Konrad fand die Zeichnung auf dem Umschlag ziemlich gruselig: Man blickte von einer Brücke auf einen Kanal von Venedig hinunter, mit einer einzigen Gondel, die auf dem Wasser trieb, und auf dem Boden der Gondel lag ein toter Italiener mit einem Messer im Rücken …

Konrad erklärte Milli das Flugzeugmodell, das er mitgebracht hatte: das Modell eines Ultraleichtflugzeugs. Es sah aus wie ein Spielzeugdrachen, an dem eine Art Dreirad mit Heckpropeller hing. Und in dem Dreirad saß eine kleine Modellpuppe mit Sturzhelm, das war der Pilot.

»Es heißt so, äh …, weil es ultraleicht ist«, begann er und merkte plötzlich, dass ihm ziemlich warm wurde. »Das ist für den Anfang bestimmt leichter, weil es dann nicht so schwer ist, und außerdem wiegt es nicht so viel … Verstehst du?«

»Klingt irgendwie logisch«, sagte Milli.

»Eigentlich ist es ein motorisierter Hängegleiter, der theoretisch auch ohne Motor fliegen könnte, genau wie ein Segelflieger oder ein Adler … Na ja, aber ohne Motor wäre es ja kein Ultraleichtflugzeug mehr … Verstehst du?«

Milli verdrehte genervt die Augen, und Konrad spürte, wie ihm Schweißperlen auf die Stirn traten und in dünnen Rinnsalen an seinen Schläfen hinunterliefen …

»Ja doch«, sagte sie. »Ich hab übrigens auch ein Flugzeug mitgebracht!«

»Echt?«, fragte Konrad verdutzt. »Wo ist es denn?«

Milli öffnete ihren Rucksack und holte zwei Barbiepuppen heraus. Die erste war eine orientalische Dame in einem schimmernden Schleierkleid und die zweite ein muskulöser halb nackter Held mit Turban, Pluderhose und einem Säbel in der rechten Hand.

»Das ist Prinzessin Badrullbudur«, stellte Milli die Schleierdame vor. »Das da ist Prinz Karim, und das hier …«, sie zog einen handtuchgroßen Perserteppich aus dem Rucksack, »… ist ihr fliegender Teppich!«

Konrad fand die beiden Puppen auf ihrem Teppich einfach nur albern. Das einzig Gute an Prinz Karim war die Haudrauf-Automatik an seiner Schulter, ein Druckknopf, der seinen Säbelarm heruntersausen ließ. Wenn man dem Säbel eine richtig superscharfe Klinge verpasste, konnte Prinz Karim sich immerhin als Gemüsehacker in der Küche nützlich machen.

»Das ist doch kein Flugzeug!«, sagte Konrad.

Vera blickte kurz von ihrem Krimi auf und warf ihm einen warnenden Blick zu.

»Ich … ich meine, es *gibt* doch gar keine fliegenden Teppiche!«

Milli runzelte die Stirn. »Na und?«, erwiderte sie. »Fliegende Tische und Lehrerinnen gibt es doch auch nicht!«

Konrad lächelte geschmeichelt. Er konnte sich zwar nicht erinnern, Milli bei der Aufnahmeprüfung gesehen zu haben, aber offenbar hatte sein geniales Kunststück sie schwer beeindruckt.

»Warum interessierst du dich überhaupt für Telekinese?«, fragte er.

»Meine Oma hat mir erzählt, dass meine Mutter früher als kleines Mädchen Gabeln und Löffel verknotet hat, nur mit der Kraft ihrer Gedanken! Cool, was?«

»Wozu denn das?«

»Wenn es was zu essen gab, was Mama nicht mochte, hat sie das Besteck einfach so lange verknotet, bis man es nicht mehr benutzen konnte.«

Vera warf einen Blick zu ihnen herüber. »Tritt deine Mutter im Zirkus auf?«, fragte sie.

Milli schüttelte den Kopf. »Meine Oma wollte immer, dass Mama mit ihren verbogenen Löffeln zum Fernsehen geht und später mal berühmt wird, aber sie hat sich mehr für Physik und Chemie interessiert.«

»Ich dachte, du kennst deine Mutter gar nicht«, sagte Konrad.

»Ich habe zwei Mütter. Eine arabische, die ich nicht kenne, und eine zweite, bei der ich aufgewachsen bin«, erklärte Milli. »Bei uns ist das ein bisschen anders als bei anderen Leuten …«

»Gar nicht wahr«, widersprach Konrad. »Ich hab auch zwei Mütter.«

»Ich auch!«, rief Vera.

Milli lächelte.

Konrad dachte daran, dass seine erste Mutter jetzt irgendwo auf der Welt in irgendeinem Land lebte und keine Ahnung hatte, dass er hier in diesem Park saß. Und dass seine zweite Mutter sich in diesem Moment lieber mit sechs Vögeln unterhielt, als bei ihm zu sein, obwohl sie ganz genau wusste, dass er hier in diesem Park saß! Es war zum Verrücktwerden, und er merkte, wie die Wut in ihm hochstieg und dass er es satthatte, keine richtige Familie zu haben. Und außerdem hatte er es satt, dass Arabella immer alles durcheinanderbrachte. Sie hatte sein ganzes Leben durcheinandergebracht, von Anfang an. Und nun hatte sie es nicht einmal geschafft, sich den Tag zu merken, an dem sie zusammen in den Park fahren wollten …

»Meine zweite Mutter ist total blöd«, sagte er. »Und wenn ich meine richtige Mutter finde, pack ich meine Sachen und zieh um!«

Vera fiel vor Schreck das Buch aus der Hand.

»*Konrad!* Das ist doch nicht dein Ernst!«

»Doch. Du wirst schon sehen.«

Eine Weile herrschte betretenes Schweigen. Konrad kam sich plötzlich vor wie in der Schule bei Frau Rosenbaum, und ihn beschlich das ungute Gefühl, etwas gesagt zu haben, was er besser für sich behalten hätte.

»Also, ich würde niemals umziehen«, sagte Milli schließlich. »Meine Eltern sind okay, und meine Mutter kann mir echt alles erklären, zum Beispiel, dass der Weltraum total kurvig ist und aussieht wie ein Sesselpolster!«

»Soll das ein Witz sein?«

»Nein, wirklich, das stimmt. Sie ist Physiklehrerin, deswegen weiß sie so was. Es kommt daher, dass die Planeten so schwer sind und im Weltraum liegen wie dicke Murmeln in Vanillepudding. Und an den Stellen, wo sie den Pudding mit ihrem Gewicht eindrücken, verbiegt sich der Weltraum und wird krumm! Irre, was?«

Konrad versuchte sich den riesigen Weltraumpudding mit den schweren Planeten darin vorzustellen. Aber dann fielen ihm plötzlich die Ufos wieder ein, von denen Arabella ihm früher immer erzählt hatte, und er stellte sich vor, wie die fliegenden Untertassen in dem wabbeligen Vanillepudding stecken blieben, weil ihre Triebwerke verstopften, und die Außerirdischen stiegen schimpfend aus und mussten erst mal hundert Lichtjahre lang Vanillepudding essen, ehe sie ein paar Meter weiterfliegen konnten …

Er nahm sich vor, sofort wenn er nach Hause kam, in dem

Buch *Wie funktioniert die Welt?* nachzuschlagen, ob Millis Geschichte vom gekrümmten Kosmos wirklich stimmte.

Gerade als sie mit der Telekinese-Nachhilfe beginnen wollten, entdeckte Konrad in einiger Entfernung eine wohlbekannte Gestalt: einen hochgewachsenen Mann mit schwarzen Haaren und weißem Hemd, der in diesem Moment den Kiesweg verließ und quer über die Wiese auf sie zugelaufen kam. In der einen Hand hielt er zwei Federballschläger und in der anderen eine rote Rose.

»RENALDO!«, brüllte Vera, ließ ihr Buch fallen und sprang auf.

»VERA!«, brüllte Renaldo. Er rannte die letzten Meter, warf die Rose und die Federballschläger in hohem Bogen von sich und schloss Vera in seine Arme. Und dann überschütteten sie sich gegenseitig mit kleinen Küssen und lachten und weinten gleichzeitig.

Konrad begriff die Liebe nicht.

Renaldo hob die rote Rose auf und überreichte sie Vera. Und während die beiden ein Stück die Wiese hinuntergingen, um dort Federball zu spielen, veranstaltete Konrad für Milli eine kleine Flugshow: Erst ließ er das Ultraleichtflugzeug über die Buchenwipfel segeln, und dann flogen Prinz Karim und seine geliebte Prinzessin Badrullbudur eine Runde auf ihrem kleinen Perserteppich.

»Vorsicht!«, rief Milli, und Konrad schaffte es gerade noch, einer flatternden Amsel auszuweichen, der Teppich machte einen kleinen Schlenker, und Held Karim verlor das Gleichgewicht und stürzte in die Tiefe.

»Ein tragischer Unfall!«, rief Konrad und sprang auf. »Er ist in den Brennnesseln gelandet!«

Sie retteten den Prinzen aus dem Nesselwald, und dann erklärte Konrad, wie man seine Gedanken bündelte und den Willen auf einen bestimmten Gegenstand konzentrierte.

»Du musst an jemanden denken, auf den du wütend bist.«

»Gut. Mach ich schon.«

»Und an wen denkst du?«, fragte Konrad neugierig.

»Das verrate ich nicht«, sagte Milli. »Und jetzt?«

Konrad runzelte die Stirn. Diese Geheimnistuerei ging ihm langsam auf die Nerven …

»Du musst warten, bis du wütend wirst, und dann kommt so ein Kribbeln hinter den Ohren. Merkst du schon was?«

»Nee«, sagte sie.

Sie versuchten es eine ganze Weile, aber Millis fliegender Teppich wollte und wollte sich nicht bewegen.

»Du musst dir einfach vorstellen, dass er sich bewegt … Ist doch ganz leicht.«

»Für dich vielleicht«, erwiderte Milli.

Konrad merkte, wie er immer ärgerlicher wurde. Erstens, weil Milli Geheimnisse vor ihm hatte, und zweitens, weil es viel, viel schwieriger war, jemandem etwas beizubringen, als er gedacht hatte. Wenn es bei ihm funktionierte, warum dann nicht auch bei ihr?

»Gib dir doch mal richtig Mühe«, schimpfte er. »Denk an jemanden, den du blöd findest!«

Milli sprang wütend auf.

»Vielleicht klappt es ja besser, wenn ich an *dich* denke!«, rief sie.

»Du stellst dich total bescheuert an!«, blaffte Konrad zurück. »Ich möcht echt mal wissen, wie du überhaupt die Aufnahmeprüfung bestanden hast!«

Milli erstarrte. Für einen kurzen Moment schien sie gar nicht glauben zu können, dass er tatsächlich gesagt hatte, was er gesagt hatte. Dann raffte sie hastig ihre Sachen zusammen und stopfte sie in den Rucksack zurück.

»Was für ein eingebildeter Angeber du bist!« Sie drehte sich um und stapfte über die Wiese davon.

Konrads Welt stürzte zusammen. Er hatte alles vermasselt. Er hatte sich so sehr auf das Treffen mit Milli gefreut, und nun hatte er alles vermasselt!

Er blickte ihr nach, und während Milli sich zu seiner Linken immer weiter entfernte, sah er, wie sich von rechts eine Gestalt näherte, die ihm schon von Weitem zuwinkte, eine Frau in einem langen Kleid mit klingelnden Glöckchen, und auf ihrer Schulter hockte ein schwarzer Vogel, der zärtlich an ihrem Ohrläppchen zupfte …

»Puh«, ächzte Arabella, als sie kurz darauf vor ihm stand. »Wir haben uns extra beeilt, wir zwei.« Sie blickte sich suchend um. »Ist deine Freundin etwa schon weg?«

Konrad biss sich auf die Lippen.

»Sie ist nicht meine Freundin«, sagte er.

Ivos Rache

Am darauffolgenden Dienstag goss es wie aus Eimern, und als Konrad in der alten Hafenstadt ankam, flossen ihm vom Arkana-Zentrum gelbe Bäche entgegen, weil der Regen die Wandfarbe abwusch. Das übermalte Messingschild neben der Tür wurde langsam wieder sichtbar, und aus den eingravierten Buchstaben löste sich die gelbe Farbe, sodass die Inschrift *Bibliothek für Meereskunde* nun wieder deutlich zu lesen war.

Im Vorraum plitschte und platschte es wie in einer Tropfsteinhöhle, und Frau Bramer hatte ein paar Plastikeimer aufgestellt, um das Wasser aufzufangen, das durch die Decke drang. Bei der Renovierung des uralten Gebäudes musste wohl irgendetwas schiefgegangen sein.

Milli hatte ihren Platz mit Tamara getauscht und würdigte Konrad keines Blickes, genau wie er befürchtet hatte. Während er neben Ivo Platz nahm, überlegte er die ganze Zeit, ob er sich bei ihr entschuldigen sollte, aber ihm fiel einfach nicht ein, wie.

An diesem Tag standen alte Wundermittel auf dem Stundenplan, und Frau Schiwer hatte ein dickes Buch mitgebracht, auf dem in seltsam verschnörkelter Schrift zu lesen war:

Geheyme Kräuterkunde – Von der wundersamen Wirkungsweyse alter Recepturen

Vielleicht war es das gleiche Buch, das Arabella auf dem Flohmarkt aufgestöbert hatte? Konrad nahm sich vor, zu Hause in der Werkstatt einmal nachzusehen.

Frau Schiwer verteilte große Schwenkgläser, stellte vier Kochplatten auf und hatte vorne eine ganze Anzahl kleiner Blumentöpfe mit Kräutern aufgereiht, jeder beklebt mit einem Schild, auf dem der Name der Pflanze angegeben war – allerdings auf Lateinisch.

Ivo begann zu schimpfen, Kräuter und Wundermittelchen seien »Weiberkram«, und Konrad erklärte, dass es besser sei, bis zur nächsten gelben Vollmondnacht zu warten, weil solche Tränke ohne gelbes Vollmondlicht ja sowieso nicht wirkten.

»Das ist mir neu«, entgegnete Frau Schiwer trocken. »Und wer an einem Kurs für Mädchen teilnimmt, sollte sich nicht über Weiberkram beschweren, meine Herren.« Konrad und Ivo bissen sich auf die Lippen. »Und jetzt fangen wir an. Zuerst bekommt ihr ein paar leichtere Rezepte.« Sie lief an den Tischen entlang und verteilte Zettel. »Und wir tun nur das, was in dem Rezept steht, KEINE EXPERIMENTE BITTE!«

Milli und das magnetische Mädchen, das Tamara hieß, bekamen die Aufgabe, ein Mittel gegen Pickel herzustellen, was Tamara sehr praktisch fand, weil sie seit einer Woche einen auf der Wange hatte, der einfach nicht mehr wegging.

Milli holte die Kräuter, die in dem Rezept standen, und

Tamara wollte die Blüten abschneiden, aber dann blieb die Schere an ihr kleben und ging einfach nicht mehr ab. Und obwohl Milli zog, so fest sie konnte, dauerte es fast zehn Minuten, bis Tamara endlich erlöst war. Dadurch verloren sie viel Zeit und mussten sich sehr beeilen, um noch rechtzeitig fertig zu werden.

Konrads und Ivos Trank sorgte angeblich für einen guten Schlaf und wunderbare Träume. Konrad merkte, wie sich Ivos Mund zu einem teuflischen Grinsen verzog, als er das Rezept las. Er kramte in seiner Hosentasche, zog eine Tüte superscharfer Halsbonbons heraus und warf, als Frau Schiwer gerade nicht hinsah, fünf davon in das Schwenkglas. Das Gebräu begann zu brodeln und zu schäumen wie eine vulkanische Urquelle und färbte sich augenblicklich grün.

»Süüüße Träume!«, flüsterte Ivo und zwinkerte Konrad dabei zu. Dann holte er ein zweites Glas, füllte den Apfelsaft aus seiner Fahrradflasche hinein und versteckte ihn unter dem Tisch.

Er war kaum fertig, als Sabrina zu ihnen an den Tisch kam und Konrad ihren Trank vor die Nase hielt, eine blubbernde gelbliche Brühe. »Fertig«, verkündete sie stolz. »Magst du probieren?«

»Was ist es denn?«, fragte Konrad.

»Oh, ein ganz harmloses Mittel gegen … Husten und Jucken.«

»Klingt interessant«, sagte Ivo und nahm Sabrina das Schwenkglas aus der Hand. »Also, wir probieren euren Trank, wenn ihr unseren probiert – was haltet ihr davon?«

»*Du* sollst gar nichts probieren, Blödmann«, fuhr Sabrina ihn an. »Nur Konrad.«

»Okay, abgemacht.« Ivo hielt ihr die Hand hin.

»He, Moment mal ...«, protestierte Konrad, aber Ivo trat ihn unterm Tisch gegen das Schienbein, also sagte er schnell: »Na gut, ich mach's.«

»Und du und Maria, ihr probiert unser Traumwundermittel.«

Sabrina warf einen misstrauischen Blick auf das Rezept, das auf Konrads und Ivos Tisch lag. *Ein bekömmliches Gebräu für erquickenden Schlaf und holde Träume* stand dort in alten schnörkeligen Buchstaben als Überschrift.

»Hm, da muss ich erst die Maria fragen«, sagte Sabrina und drehte sich für zwei Sekunden um.

Ivo brauchte nicht einmal eine Sekunde, um Sabrinas Trank unter den Tisch zu stellen und das Schwenkglas mit dem Apfelsaft hervorzuholen. Obwohl es so unglaublich schnell ging, verstand Konrad sofort, was Ivo vorhatte.

Sabrina drehte sich wieder um und sagte: »Die Maria will nicht.«

»Tja, daaaaannnnn ...«, sagte Ivo bedauernd.

»Na gut, ich mach's allein. Aber nur, wenn Konrad zuerst trinkt!«

Konrad setzte das Schwenkglas an die Lippen.

»Du musst mir dabei in die Augen sehen«, erklärte Sabrina lächelnd. »Dann wirkt er besser.«

Konrad blickte Sabrina an und nahm einen Schluck Apfelsaft. Und dann noch einen.

Maria drängte sich neugierig weiter nach vorn, um besser sehen zu können, aber Sabrina schubste sie schnell wieder hinter ihren Rücken, ohne Konrad auch nur für einen Sekundenbruchteil aus den Augen zu lassen. *»Und?«,* fragte sie.

»Ich hab das Gefühl, er wirkt genau umgekehrt«, sagte Konrad und begann heftig zu husten. Er trank den letzten Rest auf einen Zug aus und rieb sich die Nase. »Meine Nase juckt plötzlich total. *Soll* das so sein?«

Sabrinas Lächeln erstarb. »Was hast du denn da reingetan?«, fauchte sie Maria an.

»Jetzt du«, sagte Ivo.

Sabrina fuhr herum. »Nein!«

»So war's abgemacht«, sagte Ivo unerbittlich.

»NEIN!«

»Doch, das war es!«, krähte Maria von hinten.

Sabrina warf ihr einen bösen Blick zu. Dann nahm sie das Glas mit dem grünen Gebräu und trank widerwillig einen winzig kleinen Schluck.

Die fünf superscharfen Halsbonbons mussten die Wirkung des Trankes wohl verfünffacht haben, denn Sabrinas Gesicht färbte sich fast augenblicklich rot. Sie stieß ein schwaches Röcheln aus, ihre Augenlider begannen zu flattern, und im nächsten Moment schlief sie im Stehen ein. Konrad sah, wie ihre Knie ganz, ganz langsam einknickten, dann sank sie wie in Zeitlupe zu Boden.

Frau Schiwer stieß einen Schrei aus und kam herbeigelaufen. »Was ist passiert?«, keuchte sie und kniete sich neben Sabrina, um ihr den Puls zu fühlen.

»Ach, nichts Schlimmes«, sagte Ivo. »Sie hat nur von unserem Schlummertrunk probiert und dann …«

»Hatte ich gesagt, dass ihr probieren sollt? HATTE ICH DAS ETWA GESAGT?«, kreischte Frau Schiwer. Und dann schrie sie in Panik nach Frau Bramer.

Frau Bramer stürmte herein, sah Sabrina am Boden liegen und zückte sofort ihr Handy, um ein sehr kurzes Telefonat zu führen, in dem die Wörter »NOTFALL!«, »SOFORT!« und »LEBEN UND TOD!« vorkamen.

Die anderen Mädchen hatten inzwischen einen Kreis um Sabrina gebildet, und Frau Schiwer, die immer noch neben ihr am Boden kniete, stammelte die ganze Zeit: »Sag doch

was, Kind, sag doch was!« Aber Sabrina schlief, und ab und an stöhnte sie leise, was wohl bedeutete, dass sie nicht sehr angenehme Träume hatte.

Konrad war beeindruckt. Der Trank schien auch ohne Vollmondlicht zu wirken, wenn auch ein bisschen anders als gedacht – aber das lag mit Sicherheit daran, dass Ivo sich nicht genau an das Rezept gehalten hatte.

Ausgerechnet in diesem Moment war über ihren Köpfen ein wohlbekanntes knackendes Geräusch zu hören, das Kiemengitter des Hais sprang auf, und die leise klingelnde Kristallmusik ertönte zum zweiten Mal.

»O nein!«, rief Frau Schiwer verzweifelt und wollte zur Tür rennen, doch die gaffenden Mädchen versperrten ihr den Weg.

Frau Bramer war bereits losgehastet – da öffneten sich die beiden Flügel der Tür plötzlich wie von selbst. Die Männer mit der Bahre sprinteten herein, und als sie mit ihren tiefen Donnerstimmen »WEG DA!« brüllten, stoben die Mädchen kreischend in alle Richtungen auseinander.

Sekunden später trugen die Sanitäter Sabrina im Dauerlauf hinaus. In der Flügeltür stießen sie mit der Direktorin zusammen und rissen ihr dabei aus Versehen die kleine schwarze Fernbedienung aus der Hand, mit der man den Hai ein- und ausschaltete. Konrad sah, wie der winzige Apparat den langen Mittelgang entlangschlitterte und unter dem Lehrerpult verschwand.

Mrs Stones Gesichtsausdruck verriet sehr deutlich, dass sie es ganz und gar nicht mochte, wenn man ihr den feierlichen

Auftritt verdarb. Außerdem war ihre kunstvoll aufgetürmte Zuckerwattenfrisur beim Zusammenstoß mit den Sanitätern gegen den Türrahmen gedrückt worden und hatte nun eine große Delle, und Dellen im Haarballon gefielen Mrs Stone noch viel weniger.

»Allen SO-fort zuruck auf euren Plätzen!«, schrie sie, um das Trompetenkonzert aus dem Hai zu übertönen. Sie sah sich suchend nach der Fernbedienung um, denn die Musik wurde immer lauter und bedrohlicher und schien gar nicht mehr aufzuhören.

Konrad konzentrierte sich kurz auf den Hai, und schon war ein lautes Knacken zu hören, das Kiemengitter schloss sich, und die Musik brach ab. Es ging ganz leicht!

Die Direktorin schaute verdutzt nach oben. Dann wandte sie sich mit ärgerlicher Miene an die Lehrerin. »Schiwer, ick bin entsetzt!«, erklärte sie. »Unseren Schulerinnen fahren mit Bus oder Bahn nack Hause und nickt im Krankenwagen. Habe ick mick deutlick ausgedruckt? Raus mit Ihnen! Ick untörrickte heute selber!«

Frau Schiwer schlich mit gesenktem Kopf zur Flügeltür hinaus.

In der kleinen Pause stand Frau Bramer draußen vor der Schule und erholte sich von dem Schrecken, indem sie eine Zigarette rauchte. Sie musste zum Rauchen immer vor die Tür gehen, denn innerhalb des Gebäudes herrschte strengstes Rauchverbot, auch in ihrem eigenen kleinen Büro. Über der Tür ihres Sekretariats hing ein großer weißer Erinnerungszettel, den Mrs Stone selbst geschrieben hatte. Darauf stand in großen krakeligen Buchstaben:

Erstes Haus-Regel:
Keinen Zigaretten !!!!
Zweites Haus-Regel:
Keinen alkoholischen Getränken !!!!

»Übrigens liegt in Frau Bramers Schublade so eine kleine Schnapsflasche«, flüsterte Ivo. »Wusstest du das?«

Konrad nickte.

Ivo grinste. »Ich glaub, ich hab eine Idee! Warte hier und behalte die Bramer im Auge.« Er ließ Konrad vor der Bürotür stehen und schlüpfte zurück in den Saal.

Kurz darauf tauchte er mit Sabrinas Trank in der Hand wieder auf und verschwand damit im Sekretariat.

Konrad trat nervös von einem Bein aufs andere. Das konnte doch unmöglich gut gehen … Frau Bramer rauchte ziemlich schnell. Und als sie fertig war, schien sie sich fast schon entschieden zu haben, wieder hereinzukommen – dann aber hielt sie plötzlich inne und zündete sich zum Glück noch eine zweite Zigarette an.

Konrad atmete erleichtert auf.

Wenig später kam Ivo wieder heraus und zwinkerte ihm zu. »Die Schnapsflasche war fast leer«, raunte er Konrad ins Ohr. »Ich hab sie ein bisschen aufgefüllt.«

»Aber Frau Bramer hustet doch gar nicht«, flüsterte Konrad zurück.

Ivo sah ihn verdutzt an. »Wie meinst du das?«

»Na, dass sie wahrscheinlich gar kein Mittel gegen Husten oder Jucken braucht.«

Ivo brach in schallendes Gelächter aus. »Du hast doch nicht etwa geglaubt, dass es *wirklich* ein Hustenmittel ist, oder?«

»Ja was denn sonst?«

»Ein Liebestrank natürlich!«

Nach der Pause nahm Mrs Stone auf dem Lehrerstuhl Platz wie eine Königin auf ihrem Thron und verlangte, dass alle ihre Arbeiten aus der ersten Stunde vorstellten. Doch dazu kam es nicht, denn Tamara brach in Tränen aus, weil ihr Pickel inzwischen auf die doppelte Größe angeschwollen war und sich außerdem dunkelbraun verfärbt hatte – er sah aus wie eine fette runde Warze.

»Hast du vielleikt von einem Trank probiörrt?«, fragte Mrs Stone mit strenger Miene.

Tamara nickte und ließ schluchzend den Kopf auf die Tischplatte sinken, und als sie ihn wieder hob, klebte das Handy, das auf dem Tisch gelegen hatte, ihr mitten auf der Stirn. Die anderen Mädchen kicherten, und Tamara heulte noch viel mehr und riss an dem Handy, bis es endlich abging.

»Und wörr hat dieses Trank gemixt?«

»Die da!«, schniefte Tamara und zeigte auf Milli.

Mrs Stone sprang auf, als hätte sie auf einer Reißzwecke gesessen. Konrad sah, wie ihr Zuckerwattenberg schon wieder zu beben begann wie ein Vulkan kurz vor dem Ausbruch, und sie stürmte an den Tisch der beiden Mädchen, beugte sich zu Milli hinunter und fuhr sie an: »Örrst dieses teure, teure Kristallkugel, und nun mackst du dieses Mädschen da auk nock eine Warze?« Sie zeigte auf Tamara.

»Ich …«, piepste Milli.

»DU BIST DIE ALLÖR-ALLÖR-SCHLECKTESTE UND DUMMSTE SCHULERIN, DIE ICK JEEE HATTE!«, brüllte Mrs Stone.

Besonders gut mit Kindern umgehen konnte die Direktorin nicht, fand Konrad.

Milli schwieg. Mrs Stone funkelte sie ein paar schreckliche Sekunden lang an, dann richtete sie sich auf und sagte: »Du bleibst jetzt hier sitzen und schreibst das Rezept auf die Stelle vörrzick Mal ab! Ihr andörren geht nack Hause. Fur heute ist das Unterrickt beendet!«

Und damit schritt sie wütend aus dem Saal und knallte die Tür hinter sich zu.

Einen Moment blieben alle wie erstarrt auf ihren Plätzen sitzen, dann begannen die Kinder ihre Sachen zusammenzuräumen und nach und nach aufzubrechen. Nur Milli saß immer noch genauso da wie vorher und rührte sich nicht.

Als die anderen alle gegangen waren, nahm Konrad seinen ganzen Mut zusammen und setzte sich auf den Platz neben Milli. Sie schien mit den Tränen zu kämpfen, und er wusste nicht so recht, was er tun sollte, aber er hatte einfach das Gefühl, ihr beistehen zu wollen.

Sie schwiegen eine ganze Weile.

»Ich hasse das Arkana-Zentrum!«, stieß Milli schließlich hervor.

»Warum fährst du nicht nach Hause und erzählst deinen Eltern, was für eine fiese alte Ziege diese Mrs Stone ist?«, fragte Konrad. »Und dann gehst du einfach nicht mehr hin …«

»Sie wissen schon lange, was für eine fiese alte Ziege sie ist«, sagte Milli mit finsterer Miene.

»Sie *wissen* es?«

Milli nickte. »Ja, und einfach so nach Hause fahren kann ich auch nicht, weil meine Eltern in der Schweiz leben.«

»In der Schweiz?« Konrad starrte sie verdutzt an. »Wieso denn in der Schweiz? Ich meine, wo wohnst *du* denn jetzt?«

Milli seufzte und deutete mit einem Kopfnicken zur Decke. »Da oben … Direkt über dem Saal hier, im ersten Stock. Bei … Mrs Stone.«

»WAS?« Konrad starrte sie fassungslos an. Das bedeutete ja, dass sich dort oben im ersten Stock eine Wohnung befand! Und dass dort die Direktorin wohnte und Milli den ganzen Tag mit ihr zusammen sein musste. Etwas Schrecklicheres konnte man sich überhaupt nicht vorstellen!

»Wieso denn *bei ihr*?«, fragte er entsetzt.

»Mrs Stone ist meine Oma«, seufzte Milli.

Der verbotene Koffer

Konrad konnte es kaum glauben.

»Deine Oma?!«

Milli nickte. »Die Mutter von meiner zweiten Mutter«, erklärte sie.

Wie schrecklich, so eine Großmutter zu haben, dachte Konrad. »Aber wieso bist du denn hergekommen, wenn du weißt, wie fies sie ist?«

Milli zuckte mit den Schultern. »Ich wollte, dass sie mich toll findet«, sagte sie. »Irgendwann wollte ich sie mal beeindrucken und hab aus einem Stapel Karten das Herz-Ass rausgepickt. Ich habe eine Riesenshow gemacht und die Augen verdreht und leise vor mich hin gemurmelt und ihr erzählt, ich könnte durch die Karten durchgucken, und da war sie total aus dem Häuschen und hat mich umarmt und geküsst und meinte, ich wäre so ein *begaaabtes Mädschen*!«

»Und? *Bist* du begabt?«

»Nee, das Herz-Ass hatte einen Knick«, sagte Milli und betrachtete eine ganze Weile den Fußboden. Dann hob sie den Kopf und blickte Konrad an. »Ich *hab* doch gar keine Aufnahmeprüfung gemacht«, gestand sie zerknirscht. »Das brauchte ich nicht … Weil meiner Oma das Zentrum ja gehört.«

Konrad beschloss, lieber das Thema zu wechseln.

»Sag mal …« Er wusste nicht so recht, wie er fragen sollte.

»Ja?«

»Wie … Wie ist das eigentlich so, wenn man nicht weiß, wer seine richtigen Eltern sind?«

Milli überlegte einen Moment.

»Man fühlt sich komisch«, sagte sie schließlich. »Wie in einem Haus ohne Adresse. Oder auf einem Schiff ohne Kompass, mitten auf dem Meer.«

An diesem Abend lag Konrad oben in seiner kleinen Dachkammer noch lange wach, und als er sich sicher war, dass Arabella bereits zu Bett gegangen war, stand er leise wieder auf, schlich zur Tür und drückte sehr langsam, wie in Zeitlupe, die Klinke herunter.

Mist, die Klinke knarrte!

Krax, der wie immer das kleinste Geräusch wahrnahm, klappte verschlafen ein Auge auf und begann sich auf seiner Schlafschaukel zu rühren.

Das offene Rabenauge blickte Konrad fragend an.

»Okay, du kannst mitkommen«, flüsterte Konrad. Mit zwei mächtigen Flügelschlägen landete Krax auf seiner Schulter. »Aber keinen Mucks, kapiert?«

Der Rabe zupfte ihn zweimal kurz am Ohrläppchen.

Gleich neben Konrads kleiner Dachkammer lag ein Speicher, auf dem Arabella alles aufbewahrte, was sie nicht mehr brauchte. Dort standen übereinandergestapelte Kisten, Kästen und Kartons, und sie wusste schon seit Jahren nicht mehr, was sich eigentlich darin befand. Außerdem ein Sessel, bei dem die Sprungfedern herausguckten, mehrere kaputte Lampen und ein alter Koffer, der ganz weit hinten in einer sehr staubigen Ecke stand. Arabella hatte ihn schon seit Ewigkeiten nicht mehr benutzt – erstens, weil sie keine großen Reisen mehr unternahm, und zweitens (und das war der wichtigere Grund), weil es sich um jenen Koffer handelte, mit dem sie damals nach Bombay geflogen war. Konrad wusste das, weil Arabella immer, wenn sie vom Speicher kam und aus Versehen einen Blick in die hinterste staubigste Ecke geworfen hatte, in Tränen ausbrach, und irgendwann hatte Konrad sie nach dem Grund dafür gefragt. Außerdem überlegte sie hinterher jedes Mal, ob sie den alten Koffer, dessen Anblick ihr so viel Kummer bereitete, nicht endlich einmal wegwerfen sollte. Doch sie vergaß es immer wieder.

Arabella hatte Konrad gebeten, den Koffer bloß dort hinten in der Ecke stehen zu lassen, und bisher hatte er sich auch daran gehalten. An diesem Tag aber war ihm etwas eingefallen, was Vera ihm erzählt hatte – nämlich, dass Arabella vor langer Zeit einmal eine Kristallkugel besessen hatte. Konrad konnte sich nicht erinnern, die Kugel jemals irgendwo im Haus gesehen zu haben. Er kannte im Haus wirklich jeden Winkel – und das Haus war ja nicht besonders groß. Deswegen gab es eigentlich nur zwei Möglichkeiten: Entweder hatte Arabella die Kristallkugel irgendwann weggeworfen (was eher unwahrscheinlich war, weil sie sich nur ungern von alten Dingen trennte), oder die Kugel befand sich in dem alten Koffer!

Konrad betrat den Speicher und knipste das Licht an, eine schummerige kleine Glühbirne, die von einem der Deckenbalken hing – sehr hell war sie nicht, aber es reichte.

Krax schwang sich von seiner Schulter in die Luft, flog ins Gebälk hinauf und lugte von oben neugierig herunter.

Den Koffer verdeckte inzwischen eine hohe Mauer aus Gerümpel – wahrscheinlich hatte Arabella ihn mit Absicht zugebaut, um ihn nicht mehr sehen zu müssen. Konrad musste erst fünf Kartons wegtragen und den kaputten Sessel beiseiteschieben, dann packte er den Koffer am Griff und zog ihn nach vorne ins Licht. Er war viel schwerer, als er gedacht hatte! Vorn gab es zwei kleine Knöpfe. Wenn man sie drückte, sprangen, *klack, klack,* zwei Metallverschlüsse nach oben. Vorsichtig klappte Konrad den Deckel hoch, und je weiter er ihn anhob, desto mehr Staub rieselte herunter. Es brannte im Hals, und Konrad presste den Mund in seine Armbeuge, um nicht so laut zu husten.

Krax landete neben ihm auf dem Fußboden und reckte neugierig den Kopf. Sie schauten in den Koffer.

Das Erste, was Konrad sah, war eine Tasche, die bis zum Rand mit allen möglichen Dingen gefüllt war. Das meiste davon war Babykleidung. Winzige Socken, Strampelanzüge und kleine Mützen. Ein Schnuller, eine Rassel. Ein Schaf aus Holz, das auf einem kleinen Sockel stand. Konrad nahm es in die Hand und betrachtete es genauer. Es war eine Spieluhr. Der Sockel ließ sich drehen, um sie aufzuziehen. Konrad legte sie vorsichtig zurück und hob die ganze Tasche aus dem Koffer. Sie war dunkelblau und hatte an einem Ende ein kleines

Klappverdeck als Sonnenschutz. Es war eine Babytragetasche! Er zuckte zusammen.

Kein Zweifel, es musste die Tasche sein, in der er selbst gelegen hatte, damals in Bombay! Jene Tasche, die Arabella in all der Hektik auf dem Flughafen verwechselt hatte. Und kurz bevor das Unglück geschah, hatte seine *richtige* Mutter diese Tasche in der Hand gehalten! Konrad musste schlucken.

Krax hüpfte auf das Klappverdeck und begann aufgeregt mit den Flügeln zu schlagen.

Zwischen all den Strampelanzügen und Mützen lag eine kleine blaue Schachtel, kaum größer als eine Streichholzschachtel. Konrad nahm sie vorsichtig heraus und hielt sie ins Licht. Auf der unteren Seite waren kleine schimmernde Goldbuchstaben zu erkennen …

Plötzlich spürte er einen Luftzug im Gesicht. Er hob den Kopf und sah, wie Krax mit aufgerissenem Schnabel auf ihn zugerast kam. Im nächsten Moment wurde ihm das Schächtelchen aus der Hand geschnappt, und der Rabe war mit ein paar schnellen Flügelschlägen durch die Tür verschwunden!

»He!«, zischte Konrad wütend hinter ihm her. »Gib das sofort zurück!« Es kam öfter vor, dass Krax klaute, was man ihm eigentlich nicht übel nehmen konnte, weil er ja schließlich ein Rabe war. Wahrscheinlich hatte das Glitzern der goldenen Buchstaben ihn verführt. Er versteckte seine Beute überall im Haus, und manchmal fand Arabella erst nach Jahren irgendwo durch Zufall einen Ring oder einen Armreif, den sie schon seit Ewigkeiten vermisste.

Krax blieb verschwunden.

Konrad seufzte und nahm sich vor, am nächsten Tag auf den Küchenschrank zu klettern und einen Blick in den Rabenkorb zu werfen …

Von der Kristallkugel war nichts zu sehen, aber vielleicht war sie ja unter der Babykleidung versteckt. Konrad hob einen ganzen Stapel winziger Jacken und Pullover hoch. Darunter lag ein längliches rotes Buch. Er nahm es in die Hand und schlug es in der Mitte auf. Ein Fotoalbum! Die Seiten waren aus dicker schwarzer Pappe, und auf der Pappe klebten kleine Dreiecke, die das Foto an den Ecken festhielten, sodass man es nicht einkleben musste und jederzeit herausnehmen konnte. Konrad kannte sie aus Arabellas Fotoalben unten im Wohnzimmer. Er blätterte und blätterte, aber es war kein einziges Bild zu sehen, nur die Fotohalter. An manchen Stellen hatte Arabella mit einem weißen Stift etwas dazugeschrieben: »Schon fünf Tage auf der Welt!« stand an einer Stelle. »Das erste Bad« an einer anderen. Konrad blätterte zurück zur ersten Seite und schaute nach, ob es eine Überschrift gab. Und tatsächlich, dort oben stand in Arabellas schnörkeliger Handschrift: »Meine kleine Tochter«.

Konrad lief ein Schauer über den Rücken, und er schlug das Fotoalbum zu. Was war mit den Bildern wohl geschehen? Hatte Arabella sie etwa weggeworfen?

Konrad legte das fotolose Album zurück, hob eine kleine Strickjacke hoch … und dann sah er es:

Einen Pappdeckel mit seltsamen Schriftzeichen, die Konrad nicht kannte. Und neben den Schriftzeichen war das Bild einer Kugel, aus der Blitze schossen. Das musste sie sein! Konrad war sich absolut sicher.

Er hob die ganze Schachtel aus der Tasche und öffnete sie. Ganz oben lag ein Zettel, auf dem stand: *Für Arabella, zur Erinnerung! Alles Liebe wünscht dir die Mizzi Stadlhuber. PS: Besuch mich mal in Wien!*

Fünf Minuten später saß Konrad in seinem Zimmer auf dem Fußboden. In der indischen Schachtel war auch ein kleiner Plastikständer gewesen, der wie der Eierbecher eines Riesen aussah, und nun stand Arabellas Kristallkugel in der Mitte der Dachkammer, und Konrad saß im Schneidersitz davor und versuchte sich zu konzentrieren.

In der Kugel waren nur Nebelschwaden zu sehen. Konrads Gedanken sprangen hin und her. Erst dachte er an Mrs Stone, dann kurz an Milli und Ivo, dann an seine richtigen Eltern.

Er versuchte sich seinen Vater vorzustellen. Aber das war gar nicht so einfach. Wie sollte man sich auf jemanden konzentrieren, von dem man nicht einmal wusste, wie er aussah?

Konrad blickte in den Nebel, und je länger er hineinschaute, desto dichter und schneller kamen ihm die Nebelschwaden vor. Sie schienen nur so an seinem Auge vorbeizufliegen, wie Wolken, und plötzlich tauchte ein Flugzeug auf, das Konrad sofort erkannte: eine DC-10 mit einem roten Leitwerk, auf dem ein weißes Kreuz prangte. Es sah genauso aus wie sein Modell, das gegen Arabellas Birke geflogen und ins Radieschenbeet gestürzt war.

Konrad schlug ärgerlich mit der Faust auf den Teppich.

Das Flugzeug verschwand augenblicklich.

Mist, dachte er. Ich habe doch *ü-ber-haupt* nicht an die DC-10 gedacht! Er warf einen Blick hinüber zum Regal, wo das kaputte Flugzeugmodell immer noch auf seine Reparatur wartete.

Konrad beschloss, etwas anderes zu probieren, und versuchte sich Millis arabische Mutter vorzustellen. Vielleicht ging es ja leichter, wenn man wenigstens eine winzige Kleinigkeit über die Person wusste, die man sehen wollte? Er stellte sich eine Frau mit langen schwarzen Haaren vor, mit dunklen Augen, die viele goldene Armreife trug, genau wie Milli.

Der Nebel in der Kugel verzog sich, und zum Vorschein kam ein Buch. Konrad stutzte, denn der Titel des Buches lautete: *Die Wanderung der Zebrafrösche.* Hinter dem Buch war ein roter Lockenkopf mit Glitzersternen zu erkennen, und im nächsten Moment wurde Konrad klar, dass er Arabella sah, die ein Stockwerk tiefer in ihrem Bett lag. Sie musste beim Lesen eingeschlafen sein, und ihr Zebrafroschbuch war umgekippt und lag nun quer über ihrem Gesicht.

Konrad biss sich enttäuscht auf die Lippen. Ich kann es einfach nicht, dachte er wütend. Und wahrscheinlich lerne ich es *nie*!

Er legte die Kugel zurück in ihre Schachtel, versteckte sie im Kleiderschrank und ging ins Bett.

Goldsucher

Die Busfahrt vom Planetarium zum alten Hafen dauerte fast eine halbe Stunde, was Konrad anfangs immer wie eine Ewigkeit vorgekommen war. Aber inzwischen stieg auf halber Strecke Ivo ein, der nun extra wegen Konrad auch mit dem Hunderter fuhr. Ivo konnte die verrücktesten Geschichten erzählen, vor allem darüber, was für seltsame Dinge ihm ständig passierten, weil er überall Gespenster sah. Konrad hätte ihm stundenlang zuhören können, und nun war die Busfahrt immer viel zu kurz.

»Wie wirkt Sabrinas Liebestrank eigentlich genau?«, fragte Konrad ihn zwei Tage nach dem Versuch mit Arabellas Kristallkugel, als die beiden wieder zusammen zum alten Hafen fuhren.

Ivo verdrehte die Augen. »Wenn man ihn getrunken hat, will man den Ersten küssen, den man sieht – auch wenn man es eigentlich *gar nicht* will!«, sagte er. »Aber es ist, als wärst du ferngesteuert, du *musst* es einfach tun. Und es wirkt mehrere Tage lang. Schrecklich!«

»Und die Erste, die du damals gesehen hast, war Sabrina, stimmt's?«

Ivo lächelte gequält. »Schwör, dass du's keinem weitersagst, okay? *Niemandem!*«

Konrad schwor es hoch und heilig.

Als sie im Arkana-Zentrum ankamen, bot sich ihnen ein seltsamer Anblick: Vor dem Sekretariat standen fünf neugierig lauschende Mädchen, denn durch die Tür drangen seltsame Geräusche. Zuerst ein Fauchen, dann ein schriller Ton, der sich wie eine Mischung aus Babygeschrei und einer schlecht geölten Tür anhörte, und schließlich Frau Bramers hohe Stimme, die *»Oh, mein Süßer, du!«* brüllte.

Im nächsten Moment war ein lautes Krachen und Klirren zu hören – dann wurde die Tür so heftig aufgerissen, dass die fünf Mädchen erschrocken zurücksprangen, und vor ihnen stand Frau Bramer. Sie atmete schwer, ihr Haar war zerzaust, ihr Gesicht voller Kratzer, und um den Mund klebten schwarze Katzenhaare, sodass es fast aussah, als sei ihr über Nacht ein Bart gewachsen. Ihre rechte Hand umklammerte den Griff eines tragbaren Katzenkäfigs.

»Frau Bramer«, sagte Tamara verdutzt. »Was ist denn passiert?«

»Iff beiff biff«, schnaufte Frau Bramer. Sie hustete und spuckte ein paar Katzenhaare aus. »Irgendetwas stimmt hier nicht … IVO!«

Ivo zuckte zusammen und senkte schuldbewusst den Kopf.

»Du kannst doch so gut mit Tieren umgehen! Fängst du mir diesen verrückten Kater wieder ein und steckst ihn in den

Käfig hier? Er hockt drinnen auf dem Schrank und kommt nicht wieder herunter.«

Ivo zuckte bloß mit den Achseln, sagte »Okay« und verschwand in Frau Bramers Büro.

Die anderen schauten ihm mit offenen Mündern nach, denn mittlerweile wussten alle, dass Rasputin kein liebes Haustier war, sondern ein übellauniger Monsterkater, der messerscharfe Ohrfeigen verteilte, wenn man ihm zu nahe kam. Ein paar der Mädchen waren sogar schon gebissen worden, deswegen betrat niemand Frau Bramers Büro besonders gern. Und hineinzugehen, wenn der Kater gerade einen Wutanfall hatte, noch dazu allein, grenzte nahezu an Selbstmord. Ebenso gut hätte man einen Tigerkäfig betreten können.

Zwei Minuten später öffnete sich die Tür wieder, und Ivo kam mit Rasputin im Arm heraus. Der Riesenkater lag mit halb geschlossenen Augen auf dem Rücken, hatte die Vorderpfoten angezogen und schnurrte wie eine alte Nähmaschine.

Konrad war beeindruckt.

»Ich will später mal Dompteur werden«, erklärte Ivo und kraulte Rasputin unterm Kinn.

Frau Bramer bekam sofort einen Liebesanfall. »Oh, du mein Süßer, du!«, rief sie. »Ach, ich könnt dich … mmm, mmm« – Konrad sah, wie ihre Lippen sich zu einem Kussmund formten –, »mmm, o Gott, Kinder … mmm, mein Putzidutzi … Haltet mich fest, schnell, HALTET MICH FEST!«

Rasputin starrte Frau Bramer böse an und fuhr fauchend seine Krallen aus.

Tamara und Konrad stürzten auf die Sekretärin zu und packten sie von hinten am Gürtel.

»Mmmmm … ZIIIIIIIIIIEHT!«, rief Frau Bramer. »Und du, Ivo, steck ihn in den Käfig, schnell!«

Der Monsterkater ließ sich von Ivo widerstandslos in den Käfig schieben, und Konrad lief schnell ins Büro, holte die Katzendecke aus Rasputins Korb und legte sie über die Gitterstäbe, damit Frau Bramer nichts mehr von ihm sah.

»Oh, danke, Kinder«, keuchte sie erleichtert und strich Ivo über seinen flaumigen Kopf. »Was für ein guter und mutiger Junge du bist!« Dann ging sie nach draußen, um erst mal zwei Schreckzigaretten zu rauchen.

Auf dem Stundenplan stand an diesem Tag »Rutengehen«, und Frau Schiwer führte die ganze Klasse auf die große Wiese hinter der alten Hafenstadt und erklärte das Prinzip der Wünschelrute: »Alles, was sich im Erdboden befindet, sendet elektromagnetische Schwingungen aus, und wir können diese Schwingungen wahrnehmen und sichtbar machen – mit den Wünschelruten hier!«

Sie verteilte abgeknickte Metallstäbe, die die Kinder in den Händen halten sollten.

»In jeder Hand eine Rute, und wenn sie sich bewegen und in eine bestimmte Richtung zeigen, dann folgen wir ihnen. Schön locker halten. Gaaanz locker!«

Tamara, das magnetische Mädchen, erklärte, dass sie Gegenstände aus Metall leider nicht locker in den Händen halten konnte, weil sie nämlich sofort festklebten. Frau Schiwer nickte verständnisvoll und erlaubte ihr, auch ohne Wünschelrute mitzumachen.

»Wir können Wasseradern, Ölquellen oder sogar Goldminen damit finden!«, rief sie. »Wenn die Ruten kräftig ausschlagen, dann bleiben wir stehen und markieren die Stelle!«

Wie sich herausstellte, war das Rutengehen schwieriger, als sie alle gedacht hatten, denn die beiden Ruten taten nicht immer dasselbe: Bei Maria begann die linke nach drei Schritten zu vibrieren, und die rechte machte gar nichts. Und bei Sabrina zeigte die linke nach links und die rechte nach rechts. »Wo soll ich denn jetzt hin?«, fragte sie.

Frau Schiwer wirkte ein bisschen irritiert. »Hm. Merkwürdig«, sagte sie.

»Wir könnten dich ja in der Mitte spalten«, schlug Ivo hilfsbereit vor. »Wie in *Der halbe Samurai,* das ist so ein japanischer Film über einen Toten, der seine zweite Hälfte sucht und …«

»Hör sofort auf!«, kreischte Sabrina, die dunkle Schatten unter den Augen hatte – Ivos Trank schien ihr überhaupt keine angenehmen Träume beschert zu haben, ganz im Gegenteil.

»Keine Horrorgeschichten, bitte«, mahnte Frau Schiwer und schlug Sabrina vor, die beiden Ruten auszutauschen. Mit der logischen Folge, dass die beiden Metallstäbe nun in die Mitte zeigten – also genau aufeinander, was auch nicht sehr viel besser war.

Bei Konrad taten die Wünschelruten überhaupt nichts, und Milli schien mit ihren Gedanken ganz woanders zu sein. Sie hielt beide Ruten in einer Hand und ließ den Arm einfach nach unten hängen.

Konrad berührte sie ganz leicht an der Schulter. »Was ist denn los?«, flüsterte er.

»Meine Oma ist so was von gemein!«, zischte Milli ihm zu.

»Ich weiß«, sagte Konrad.

»Sie hat mir meinen arabischen Goldohrring weggenommen, den von meiner Mutter! Und mein Arabischbuch. Sie meint, ich sollte mich lieber mal mit Magie beschäftigen statt mit Arabisch! Und dass es ein Skandal ist, dass zwei dumme Jungen in der Klasse begabter sind als ich!«

»Was denn für zwei dumme Jungen?«

Milli verdrehte die Augen. »Blöde Frage, du und Ivo natürlich, wer denn sonst?«

Konrad und Milli liefen ein bisschen langsamer als die anderen, um ungestörter reden zu können.

»Was hat sie eigentlich gegen uns?«, fragte Konrad.

»Ihr Sohn hatte immer nur Streit mit ihr und lief eines Tages weg«, flüsterte Milli. »Er ist nie wieder aufgetaucht.«

»Nie?«

Milli nickte. Mrs Stones Mann war damals um die halbe Welt gereist, um seinen Sohn zu suchen. Aber gefunden hatte er ihn nicht.

»Mein Opa war sehr traurig«, erzählte Milli weiter. »Er hat die letzten Jahre vor seinem Tod in einem indischen Tempel gelebt und jeden Tag für seinen Sohn gebetet.«

Konrad merkte, wie ihm ganz flau im Magen wurde. Wie schrecklich, dachte er. Wie schrecklich, dass überall auf der

Welt Menschen lebten, die traurig waren, weil sie jemanden vermissten und nicht wussten, was ihm zugestoßen war. Die irgendjemanden wiederfinden wollten und warteten und warteten oder suchten und suchten, und trotzdem konnte es sein, dass ihr Wunsch einfach nicht in Erfüllung ging. Er wagte kaum, sich vorzustellen, dass ihm dasselbe passieren könnte wie Millis Opa. Vielleicht würde er sein ganzes Leben lang nach seinen Eltern suchen, ohne sie je zu finden …

Ihm lief ein kalter Schauer über den Rücken.

Weiter vorne entstand plötzlich ein Tumult, weil Marias Wünschelruten sich wie wild bewegten.

»Ich hab was, ich hab was!«, schrie Maria.

»Sehr gut«, sagte Frau Schiwer, bückte sich und steckte ein kleines blaues Fähnchen in den Boden.

»ICH HAB AUCH WAS!«, brüllte Tamara.

Konrad und Milli blickten auf und sahen, dass Tamara die Ellbogen angewinkelt hatte und ihre vorgestreckten Unterarme so schnell hin und her wedelten wie zwei Scheibenwischer bei Platzregen. Offenbar reagierten Tamaras Arme auf Metall wie lebendige Wünschelruten. Frau Schiwer war außer sich vor Begeisterung.

»Eine Goldader!«, rief sie. »Das *muss* eine Goldader sein! Bei so einer heftigen Reaktion ist es meistens Gold … Du kannst jetzt aufhören, Tamara!«

»Kann ich *nicht*!«, jammerte das magnetische Mädchen und wedelte weiter.

Frau Schiwer rammte ein gelbes Fähnchen in den Boden und richtete sich ächzend wieder auf. »Niemand darf hier graben!«, erklärte sie mit strenger Miene. »Diese Wiese gehört der Frau Direktorin! Dass mir niemand auf die Idee kommt, hier nach Gold zu suchen!«

Konrad stieß Milli an. »Was hältst du davon, wenn wir deinen Goldohrring suchen?«, flüsterte er. »Sie hat ihn bestimmt irgendwo versteckt, oben in eurer Wohnung. Und Tamara nehmen wir mit!«

Milli sah ihn an und lächelte.

Sie beschlossen, gleich nach dem Unterricht mit der Suche zu beginnen. Die Gelegenheit war günstig, denn Mrs Stone war an diesem Tag in die Stadt gefahren, um sich von dem Geld, das sie mit dem Arkana-Zentrum verdient hatte, einen schicken neuen Wagen zu kaufen.

Konrad und Tamara warfen sich einen bedeutsamen Blick zu, als sie vor der kleinen Holztür standen, die vom Vorraum ins Obergeschoss führte. Kein Schüler des Arkana-Zentrums hatte den ersten Stock jemals betreten, und es gab wilde Gerüchte darüber, wie es dort oben bei Mrs Stone wohl aussah. Ivo hatte behauptet, er könnte das Heulen und Klagen von Kinderseelen hören, das durch die Decke zu ihm hinunterdrang. Wahrscheinlich waren es schlechte, unbegabte Schülerinnen, die Mrs Stone vor lauter Wut ermordet hatte und deren Geister sie in Hunderten von zugekorkten Flaschen aufbewahrte.

Milli zückte einen großen rostigen Schlüssel, steckte ihn ins Schlüsselloch, und die Tür sprang krachend auf.

Dahinter führte eine sehr schmale Treppe zu einer zweiten

kleinen Tür hinauf, die ebenfalls verschlossen war und sich mit demselben Schlüssel öffnen ließ.

Mrs Stone hatte ganz offensichtlich einen Schwarz-Weiß-Tick, denn in dem Raum, den sie nun betraten, war fast alles schwarz oder weiß. Den Fußboden überzog eine schwarze Lackschicht. Vor einer weißen Wand ragte in der Mitte ein riesiges Himmelbett auf, mit vier schwarzen Marmorsäulen, die einen schwarz-weiß gestreiften Baldachin stützten. Gleich daneben türmten sich offene Regalfächer mit Büchern über Magie, Zauberei und Kräuterkunde. Millis Schlafstelle war ein schmales aufklappbares Feldbett, das am Fenster stand.

»WOW!«, rief Tamara und zeigte auf die gegenüberliegende schwarze Wand, an der nebeneinander drei Gemälde in schweren Goldrahmen hingen. »Wer sind *die* denn?«

Es waren drei Frauenporträts, und Konrad bemerkte, dass die Frau in der Mitte eine gewisse Ähnlichkeit mit Mrs Stone hatte.

»Unsere Ahnengalerie«, erklärte Milli und zeigte auf das erste Gemälde, auf dem eine weißhaarige alte Dame in einem dunklen Kleid zu sehen war. Sie hatte die Hände in den Schoß gelegt, ihre Augen strahlten, und ihr Mund lächelte ein wenig verschmitzt. »Das ist Gloria Stone, Mrs Stones Mutter. Sie stammt aus Melbourne in Australien – deswegen sieht man im Hintergrund die Kängurus.«

»Seltsam.« Konrad stutzte. »Sie sitzt, aber der Maler hat total vergessen, ihren Stuhl zu malen!«

Milli lächelte. »Nein, hat er nicht. Sie sitzt in der Luft! Gloria Stone besaß die ungewöhnliche Fähigkeit zu schweben.«

»Ach so«, nickte Tamara, und Konrad wunderte sich, dass ihn solche ungewöhnlichen Fähigkeiten inzwischen nicht mehr wunderten.

Die Frau auf dem zweiten Bild hatte eine überdimensionale Frisur, die einer fliegenden Untertasse ähnelte – wie ein kleines Raumschiff, das auf ihrem Kopf gelandet war. Rechts und links von ihren Ohren hatte der Maler eine Sonne und einen Mond gemalt, die um ihr Gesicht zu kreisen schienen.

»Meine australische Oma, Olivia Stone«, sagte Milli. »Die kennt ihr ja schon.«

»*Das* soll Mrs Stone sein?«, rief Tamara verdutzt.

»Na ja, da ist sie noch ein bisschen jünger und hat die Haare anders«, erklärte Milli.

»Und was ist *ihre* ungewöhnliche Fähigkeit?«, erkundigte sich Konrad.

»Sie hat gar keine«, seufzte Milli. »Das ist ja das Schlimme. Deswegen ist sie auch oft so schlecht gelaunt – sie wäre gern wie Gloria. Aber verratet bloß keinem, dass ich was gesagt habe!«

Konrad starrte Milli verdutzt an und musste daran denken, wie furchtbar Mrs Stone herumgebrüllt hatte, obwohl sie selber gar nichts konnte. Und dass sie sogar *unterrichtete*, obwohl sie gar nichts konnte!

»Und der da?«, fragte Tamara und deutete auf ein kleines ovales Bild, das unter Mrs Stones Porträt hing. Es war ein verblasstes Foto, auf dem ein weißhaariger alter Herr zu sehen war. Sein Gewand sah aus, als hätte er sich in ein großes weißes Bettlaken gewickelt, und sein ellenlanger Bart war zu zwei dünnen Zöpfen geflochten, die ihm vom Kinn herabhingen wie bei einem indischen Guru.

»Karl Steiner, Mrs Stones Mann«, erklärte Milli.

»Auch aus Australien?«, fragte Tamara.

»Nee, aus Gelsenkirchen. Er ist leider schon gestorben. Das da war sein letztes Foto.«

Dann musste es in Indien aufgenommen worden sein, überlegte Konrad. Und tatsächlich: Als er genauer hinsah, entdeckte er im Hintergrund zwischen den Bäumen das geschwungene Dach eines kleinen Tempels.

Auf dem dritten Gemälde war eine junge Frau mit dunkelbraunen Haaren zu sehen, die beide Arme über ihrer Brust gekreuzt hatte. In der rechten Hand hielt sie einen Löffel und in der linken eine Gabel, deren obere Enden so welk herabhingen wie die Blüten von Arabellas Trockenblumen.

Konrad wusste sofort, wen das Bild darstellte. »Deine Mutter«, sagte er. »Die Löffelverbiegerin.«

»Stimmt«, sagte Milli. »Was ist denn los, Tamara?«

Tamaras Hände begannen plötzlich unkontrolliert zu zittern, und im nächsten Moment schlugen ihre Arme aus wie die Nadeln eines Seismografen kurz vor einem Erdbeben.

»Ich … Ich weiß nicht«, stammelte sie. »Vielleicht liegt's an den vergoldeten Bilderrahmen …«

»Oder es ist mein Ohrring!«, rief Milli aufgeregt. »Lauf doch mal ein bisschen hin und her!«

Tamara machte ein paar Schritte nach vorn, und ihre Arme zappelten immer wilder.

Konrad und Milli führten sie noch ein Stück weiter und

blieben schließlich vor einem großen gerahmten Poster stehen, das an der schwarzen Wand hing. Genau an dieser Stelle schlugen Tamaras Arme am heftigsten aus.

»O Gott, fesselt mich!«, jammerte sie. »Ich halt das nicht mehr aus! Ihr müsst mir die Arme festbinden!«

Milli holte eine lange Wäscheleine, Konrad wickelte das Knäuel auseinander, und mit vereinten Kräften verschnürten sie Tamara wie ein Postpaket, bis sie sich nicht mehr rühren konnte.

»Puh!«, keuchte sie. »Jetzt geht's mir besser.«

Die drei betrachteten das Plakat, auf dem in großen Lettern stand:

GOLD UND KULT DER BRONZEZEIT.

Neben der Schrift war ein hoher kegelförmiger Hut aus Goldblech abgebildet. Er hatte eine breite Krempe und war mit seltsamen Mustern aus eingestanzten Kreisen und Scheiben verziert.

»Was ist denn das?«, fragte Konrad.

»Ein Goldhut«, erklärte Milli. »Der ist uralt und verleiht angeblich magische Kräfte. Letztes Jahr war ich mit meiner Oma in einem Museum. Da haben wir ihn uns angesehen und das Plakat gekauft.«

Tamaras Finger begannen schon wieder zu zucken, obwohl sie gefesselt war.

»Ich verstehe das nicht«, sagte sie. »Wieso reagieren meine Arme denn auf den Goldhut? Das ist doch bloß ein Bild.«

»Merkwürdig«, sagte Milli.

»Vielleicht liegt es ja gar nicht an dem Plakat«, murmelte

Konrad nachdenklich. Er erinnerte sich an einen Film, den er mal gesehen hatte, über einen Diamantenraub in Monte Carlo. Der Diamantenräuber in dem Film war sehr wohlhabend gewesen und lebte in einer alten Villa voller Ölgemälde. Und hinter dem größten Bild hatte sich in der Holzvertäfelung der Wand ein Geheimfach befunden, in dem der Gangstermillionär seinen größten geklauten Diamanten aufbewahrte.

Konrad betrachtete das gerahmte Poster und konzentrierte sich auf den Gedanken, dass so ein Bilderrahmen viel, viel weniger wog als zwei Lehrerinnen und ein Schreibtisch …

Der Rahmen begann zu vibrieren, hob sich ein Stück, löste sich von der Wand und schwebte langsam zu ihnen herunter.

»Wahnsinn!«, schrie Tamara begeistert. »Wie machst du das?«

»Keine Ahnung«, sagte Konrad. »So wie du magnetisch bist und auf Metall reagierst.«

»Meine Oma wäre überglücklich, wenn ich so was könnte«, seufzte Milli. »Ich muss ihr mal sagen, dass sie mehr Jungen in ihre Schulen aufnehmen soll …«

Die drei machten große Augen, als hinter dem Bild ein Safe mit Drehschloss zum Vorschein kam. Er hatte fast dieselbe Größe wie der Bilderrahmen, der gerade mit einem kleinen Rums neben dem Bücherregal landete.

Durch Tamaras Körper ging ein heftiger Ruck, und sie machte einen kleinen Hüpfer auf den Safe zu, als befände sich in der Wand ein riesiger Staubsauger, der sie unerbittlich ansaugte. Milli packte sie rasch von hinten an ihren Schnüren und hielt sie fest.

Konrads Augen fixierten das Drehschloss, es begann klickend zu rotieren, und im nächsten Moment öffnete sich die Safetür einen Spaltbreit.

Milli quiekte vor Begeisterung. »Mein Ohrring, da ist bestimmt mein Ohrring drin!« Sie riss die Safetür auf, und ein goldener Schimmer strahlte ihnen entgegen, ein warmes Glimmen, dunkel und geheimnisvoll.

Vor ihnen lag der Goldhut, genau derselbe wie auf dem Plakat, nur dass es diesmal der echte war, ein wenig kleiner, aber viel, viel schöner als sein Abbild auf dem Foto.

Die drei blickten sich entgeistert an.

Auf der Treppe waren plötzlich polternde Schritte zu hören!

»Schnell!«, zischte Milli. »Meine Oma kommt zurück!«

Konrad wusste später nicht mehr, wie er es angestellt hatte, aber er schaffte es tatsächlich in nur vier Sekunden, den Safe wieder zu schließen und hinter dem Plakat verschwinden zu lassen. Genau in dem Moment, als das schwebende Bild sich wieder an den Nagel hängte, rauschte die Direktorin herein.

Mrs Stone warf im Gehen ihren langen schwarzen Mantel über einen weißen Ledersessel und blieb abrupt stehen, als sie Milli, Konrad und Tamara vor dem Bilderrahmen entdeckte.

»Was mackt ihr da?«, schnauzte sie wütend.

»Nichts«, sagte Milli.

»Und warum ist dieses Mädschen da vörrstrickt?« Mrs Stone zeigte auf Tamara, die sich tapfer bemühte, so auszusehen, als wären Wäscheleinen am Körper gerade total angesagt und völlig normal.

»Wir spielen *Die Rückkehr der Mördermumien, Teil 3*«, antwortete Konrad schnell. »Haben Sie den gesehen?«

»Ick finde es eine bodenlose Freckheit, dass du diesen Kindörrn einfack in mein Apartment hörreinlasst!«, schimpfte Mrs Stone.

»Aber andere Kinder bringen doch auch Freunde mit nach Hause«, sagte Milli.

»Tja, du bist aber nickt andere Kindörr«, erwiderte Mrs Stone und warf einen kurzen Blick in den Spiegel, um zu prüfen, ob ihre Zuckerwattenfrisur auch keine Delle hatte.

»Und du solltest lieber dein Kräuter-ABC lörrnen, statt Zeit mit dumme Spiele zu verschwenden! Bis morgen bleibst du hier drinnen und lörrnst! Und ihr zwei da, raus mit euk!«

Konrad begann Tamara wieder aufzuknoten.

»Ich will meinen Ohrring wiederhaben!«, rief Milli. »Und mein Arabischbuch! Wo hast du es versteckt?«

»Dein Arabisch geht mir würglick auf die Nörrven!«, stöhnte Mrs Stone. »Arabisch, Arabisch, immer nur Arabisch. Wozu soll das gut sein? Ab heute ist Schluss damit!«

Milli starrte Mrs Stone fassungslos an. »Aber ich *muss* doch Arabisch lernen!«

»Ach ja? Warum?«

»Weil meine Mutter Araberin ist.«

»Unsinn. Clara ist deine Mutter. Meine Tochter Clara!«

»Ist sie nicht!«

»Natürlick. Schluss mit dieses Schnackschnick!«

»Aber *du* hast es mir doch selbst erzählt!«

»Was?«

»Dass sie Araberin ist. Oder zumindest so aussah.«

Mrs Stone verdrehte genervt die Augen. »Vielleicht habe ick mick ja auk geörrt. Man kann sick ja mal örren!«

Konrad verstand zwar nicht, worum es ging, aber offenbar hatte Mrs Stone etwas ganz Furchtbares gesagt, etwas so Schlimmes, dass Millis Gesicht noch blasser wurde als das von Ivo. Ihre Lippen begannen zu zittern, und Tränen traten ihr in die Augen.

»Wieso geirrt?«, schrie sie. »Wie kann man sich denn da irren? Du hast mir erzählt, dass die Frau auf dem Flughafen eine Araberin war und dass sie verschleiert war, deswegen konntest du ihr Gesicht nicht sehen. Und dass diese Frau die beiden Babytaschen verwechselt hat!«

Etwas durchzuckte Konrads Körper, als stünde er bei Gewitter irgendwo draußen auf einem Feld und wäre vom Blitz getroffen worden. Seine Knie knickten ein, sein Herz begann zu rasen. Er taumelte ein paar Schritte zurück und riss dabei eine große Bodenvase um, die krachend zerbrach.

»Meine lieblische Vase!«, brüllte Mrs Stone.

Konrad stolperte zur Tür, riss sie auf und flüchtete die Treppe hinunter.

Hinter sich hörte er noch, wie Milli nach ihm rief: »Konrad, bleib doch hier! Was hast du denn?«

Ein Zeuge

Der Hunderter schaukelte und ruckelte, aber Konrad merkte es überhaupt nicht. Während der gesamten Rückfahrt fühlte er sich wie gelähmt. Nur sein Kopf schien noch halbwegs zu funktionieren. Seine Gedanken überschlugen sich. War die elegante Dame, die Arabella damals in Bombay auf dem Flughafen getroffen hatte, Mrs Stone gewesen? Oder hatte Milli von einer ganz anderen Geschichte gesprochen? Nein, es konnte doch unmöglich *zwei* Ereignisse geben, bei denen ein Flughafen und zwei vertauschte Babytaschen eine Rolle spielten.

Konrad hatte sich immer vorgestellt, dass seine richtigen Eltern irgendwo in weiter Ferne lebten, vielleicht am anderen Ende der Welt, und dass er alles Mögliche anstellen musste, um sie zu finden. Und dann fuhr er zum alten Hafen, nur ein paar Kilometer entfernt von seiner Schule, betrat ein altes gelbes Haus und begegnete dort dem Mädchen, das damals in Bombay in der anderen Babytasche gelegen hatte! Ohne zu verreisen, ohne Hellseherei, ohne irgendetwas Ungewöhnliches zu tun. Das war doch vollkommen verrückt! Milli musste Arabellas Tochter sein, das Mädchen aus dem alten Fotoalbum ohne Fotos. Er versuchte es sich vorzustellen, doch es gelang ihm einfach nicht. Die beiden sahen sich überhaupt nicht ähnlich.

Vielleicht war alles nur ein riesengroßer Irrtum? Vielleicht hatte er irgendetwas völlig falsch verstanden?

Seine Gedanken verhedderten sich. Er musste mit Arabella reden, am besten sofort. Schließlich war sie die Einzige, die herausfinden konnte, ob Mrs Stone und die Unbekannte auf dem Flughafen ein und dieselbe Person waren.

Als er nach Hause kam, war der Laden menschenleer. Arabella saß an der Kasse und blätterte gerade in ihrem Buch über die Wanderung der Zebrafrösche.

»Hallo, Konrad«, rief sie und strahlte ihn an. »Stell dir vor, hier steht, dass Zebrafrösche zwar gerne wandern, sich aber nie sehr weit vom Ausgangspunkt entfernen. Und dass sie alles lieben, was schwarz-weiß ist!«

»Toll«, sagte Konrad tonlos.

Arabella gluckste vor Begeisterung. »Ich glaube, ich habe eine grandiose Idee, wie ich meine Frösche wieder zurückbekomme!«

»Schön«, sagte Konrad. »Falls sie inzwischen nicht alle platt gefahren sind«, fügte er hinzu, als ihm der tote Frosch wieder einfiel, den Ivo beim Hellsehen auf einem Zebrastreifen hatte liegen sehen.

»Oh, Konrad, sag doch so was nicht!« Arabellas Augen füllten sich mit Tränen.

»Entschuldige.«

»Was hast du denn, mein Schatz?« Sie blickte ihn prüfend an. »Ist dir nicht gut?«

»Alles okay … Du, sag mal …«

»Ja?«

Konrad biss sich auf die Lippen. Es hatte einfach keinen Sinn, Arabella jetzt schon von Milli zu erzählen. Sie würde sofort in Tränen ausbrechen und wahrscheinlich auch nicht mehr über die Unbekannte sagen können, als sie ihm bereits erzählt hatte. Und erst einmal musste er sich wirklich sicher sein, dass Milli tatsächlich Arabellas Tochter war.

»Ach nichts, schon gut.«

»Aber du hast doch was.« Arabella legte das Froschbuch aus der Hand und strich ihm über den Kopf. »In letzter Zeit bist du so verändert«, sagte sie. »Ich mache mir wirklich Sorgen um dich.«

»Brauchst du aber nicht …«, murmelte Konrad. »Ich komm schon klar …« Er stapfte niedergeschlagen die Treppe hinauf und ging in sein Zimmer.

Später am Nachmittag besuchte Konrad zum ersten Mal Ivo, der am Stadtrand in einer Hochhaussiedlung wohnte. Zwischen den Wohnblöcken gab es einen kleinen Sandkasten mit einem Schaukelgerüst ohne Schaukeln, die Fahrradständer ne-

ben dem Hauseingang waren völlig verrostet, und als Konrad in den Aufzug stieg und auf die Zwölf drückte, schloss sich mit lautem Quietschen eine Innentür, auf der ziemlich viele Kaugummis klebten. Konrad fühlte sich in Aufzügen nie besonders wohl, und um sich abzulenken, zählte er die Kaugummis: sechs weiße, ein gelber und zwei dicke rosafarbene.

Während der Fahrt war ein lautes Knarren und Ächzen zu hören, als würden zwei Riesen mit einem Drahtseil Tauziehen spielen, dann gab es plötzlich einen heftigen Ruck, sodass Konrad schon dachte, er wäre stecken geblieben. Aber gerade als er in Panik den Notknopf drücken wollte, glitt die Kaugummitür zum Glück zur Seite und ließ ihn raus.

Ivos Mutter, Frau Murmanski, lächelte Konrad fröhlich an, als sie die Tür öffnete. Er erkannte sie sofort wieder: eine kleine, lustige Frau mit dunklen Locken und Lachfalten um die Augen.

»Wie schön, dass du kommst«, sagte sie. Hinter ihr tauchte Ivo auf und zerrte ihn, noch ehe er die Jacke ausgezogen hatte, am Ärmel durch die Diele, um ihm die Wohnung zu zeigen.

Die Murmanskis wohnten zu viert in drei Zimmern: Ivo, seine Eltern und die Oma. Früher waren sie sogar zu fünft gewesen, aber Ivos Opa war vor einem Jahr gestorben, und seither lag die Oma fast nur noch im Wohnzimmer auf dem Sofa und schlief oder erzählte von früher.

»Guten Tag«, sagte sie und lächelte Konrad an, als er hereinkam. »Heute ist mein Hochzeitstag!«

»Sie wollen heute *heiraten*?«, fragte Konrad verdutzt.

Hinter einer aufgeschlagenen Zeitung war plötzlich schallendes Gelächter zu hören, dann sank die Zeitung ein Stück nach unten, und der Kopf von Ivos Vater tauchte auf.

»Challo, Konrad!«, sagte er, denn Herr Murmanski stammte aus Russland, und wenn er Deutsch sprach, klang es fast wie Russisch. »Oma chat gecheiratet schon vor laaange, laaange Zeit. Nix heute!«

Er grinste, und Konrad war verblüfft, wie ähnlich er Ivo sah. Er war genauso blass, er hatte dieselben bläulichen Ränder unter den Augen und trug dieselbe superkurze Flaumhaarfrisur. Und wenn er grinste, wirkte er viel jünger und sah seinem Sohn noch ähnlicher.

Als sie schließlich vor der Tür zu Ivos Zimmer standen, stellte Konrad fest, dass Ivo wohl eine Vorliebe für Horrorgeschichten hatte, denn unterhalb der Klinke klemmte eine blutige, glibberige Gummihand, als hätte jemand beim Schließen der Tür seinen Arm nicht rechtzeitig weggezogen. Die lange Blutspur am Türrahmen wirkte farblich allerdings ein wenig seltsam, mehr rosa als rot.

»Cool, was?«

»Cool«, sagte Konrad.

»Ist aber kein echtes Blut, bloß Nagellack.«

»Aha.«

Ivos Einrichtung war ziemlich gruselig. Über dem Bett hingen scheußliche Masken, grüne und schwarze Gesichter mit weit aufgerissenen Augen, langen Werwolfzähnen und hässlichen Narben. Die anderen Wände waren mit schaurigen Filmplakaten geschmückt, und Konrad fragte sich, wie Ivo es schaffte, abends ins Bett zu gehen, das Licht auszumachen und dann in aller Seelenruhe einzuschlafen, während all diese furchterregenden Fratzen auf ihn herunterstarrten.

»Und wer ist das da?« Konrad zeigte auf ein Plakat, auf dem eine Frau in einem weißen Kleid vor lauter Verzweiflung die Hände rang. Der Grund dafür war nicht schwer zu erraten, denn ihre Arme und ihr Kopf waren mit Unmengen kleiner Nadeln gespickt. Konrad musste sofort an die Akupunkturbehandlung denken, die Arabella manchmal machte. Aber der Film handelte wohl eher nicht von Akupunktur, denn im Hintergrund war eine geisterhafte, halb durchsichtige Hand zu sehen, die aus dem Dunkel kam und die arme weiße Dame packen wollte.

»Das ist die schöne Dana«, raunte Ivo. »Ihr Mann starb in ihren Armen, und sie schwor ihm eeewige Liiiebe. Aber dann verliebt sie sich doch in einen anderen. Seitdem kommt der Geist ihres Mannes jede Nacht und quält sie mit glühend heißen Nadeln!«

Konrad musste schlucken.

»Keine Angst.« Ivo grinste ihn an. »*Solche* Geister gibt es nicht in Wirklichkeit …«

»Wie … beruhigend«, keuchte Konrad.

Im selben Moment klopfte es, die Tür öffnete sich einen Spaltbreit, und Ivos Eltern steckten zögernd die Köpfe ins Zimmer.

»Dürfen wir mal kurz stören?«, fragte Ivos Mutter.

»Nein!«

»Bitte, Ivo, es ist wichtig. Du musst Opa schnell mal fragen, wo die alten Hochzeitsfotos sind. Wir wollen Oma eine Freude machen und das Fotoalbum mit ihr anschauen. Aber es ist einfach weg! Ehrlich, wir haben überall gesucht.«

»Opa chat Album letzte Jahr noch in Chand gechabt«, sagte Ivos Vater.

»Aber der redet doch immer so viel!«, stöhnte Ivo.

Herr und Frau Murmanski blickten ihn flehend an.

»Also gut, kommt rein. Aber nur *ganz* kurz!«

Ivos Eltern schlüpften ins Zimmer, und ehe Konrad so richtig mitbekam, was geschah, hatten sie auf zwei kleinen Sitzkissen Platz genommen, Ivos Vater zu seiner linken Seite und Ivos Mutter zu seiner rechten.

Ivo zündete zwei Kerzen an und kurbelte die Rollläden ein Stück herunter, bis nur noch schummeriges Licht ins Zimmer fiel. Dann setzte er sich im Schneidersitz vor die Kerzen und schloss die Augen.

»Opa, hallo Opa, ich rufe dich«, sagte er laut und deutlich.

Konrad wurde unbehaglich zumute, und im nächsten Moment hörte er eine tiefe Männerstimme, die aus dem Nichts zu kommen schien. Er blickte sich suchend um und bemerkte plötzlich, dass Ivo die Lippen bewegte und dass er es war, der mit dieser tiefen Stimme sprach – was eigentlich gar nicht sein konnte, denn Ivo war erst zehn.

»Iiiiivo!«, tönte es aus Ivos Mund. *»Wie nett, dass du dich mal wieder meldest!«*

Konrad lief ein kalter Schauer über den Rücken. Die Stimme klang wirklich wie die eines alten Mannes!

»Opa«, antwortete Ivo mit geschlossenen Augen, »ich hab nicht so viel Zeit, aber heute ist doch euer Hochzeitstag, und

Oma würde sich gern die Hochzeitsfotos ansehen. Weißt du vielleicht, wo die sind?«

»Dumme Frage, natürlich weiß ich, wo die sind!« Ivos Opa war zu Lebzeiten ein sehr ordentlicher Mensch gewesen. *»Pass auf … Hast du was zu schreiben?«*

Konrad sah, wie Frau Murmanski einen Kuli zückte und den Notizblock aufklappte, der vor ihr bereitlag.

»Mama schreibt mit«, sagte Ivo.

»Ach, meine süße Kleine, wie geht es dir?«

»Es geht mir gut, Vati, ach, lieber Vati, es geht mir gut, und dir?«, brüllte Ivos Mutter und bekam vor lauter Freude ganz feuchte Augen. »Wir haben jetzt endlich wieder ein Auto, Vati, du kannst dir gar nicht vorstellen …«

Ivo runzelte ärgerlich die Stirn.

»Oh, Verzeihung. Ich muss Schluss machen, Vati!«, brüllte Frau Murmanski. »Ivo hat nämlich Besuch!«

»Ich lasse mir doch nicht den Mund verbieten!«, schimpfte Ivos Opa. *»Das wäre ja noch schöner!«*

»Opa, bitte«, sagte Ivo. »Wo sind die Fotos?«

»Unten im Keller, hinten links. In dem Karton mit der Nummer 23, Schrägstrich 5. Steht mit rotem Filzstift drauf!«

»Nummer 33 …«

»23, Dummkopf!«, blaffte Ivos Opa. *»Schrägstrich 5. Hast du das? Und in dem Karton ist eine schwarze Tasche mit kaputtem Reißverschluss. Und in der Tasche sind die Fotoalben. Zwei Stück. Unsere Hochzeit, A und B, steht vorne drauf.«*

»Danke, Vati!«, rief Ivos Mutter.

»Viela Grießa von Vladi«, brummte Ivos Vater.

»Papa lässt dich grüßen«, sagte Ivo.

Von Ivos Opa war ein unwirsches Schnaufen zu hören. Offenbar mochte er Herrn Murmanski nicht besonders.

»Jaja, danke … Ich will noch mal mit deiner Mutter sprechen!«

»Wir melden uns morgen noch mal«, sagte Ivo ungeduldig. »Versprochen.«

»Ach, morgen, morgen … Hier dauert alles eine Ewigkeit!«

Konrad sah, wie Ivo mit der rechten Hand ausholte, sich selbst eine schallende Ohrfeige verpasste und die Augen wieder öffnete – die Verbindung war unterbrochen.

»Au!« Ivo rieb sich die Wange. »Manchmal ist das echt die einzige Möglichkeit, ein Gespräch mit Opa zu beenden«, erklärte er Konrad.

»Danke dir, mein Schatz«, sagte Frau Murmanski und küsste Ivo auf die Wange, die ein bisschen rot geworden war.

»Chast du gemacht wuuunderbar!« Herr Murmanski küsste ihn auf die andere Wange.

Konrad fragte sich, warum er in seinem Lieblingsbuch *Wie funktioniert die Welt?* nichts über schimpfende Verstorbene gelesen hatte. Bisher hatte er immer gedacht, dass alles, was in dem Buch nicht vorkam, deswegen nicht erwähnt wurde, weil es schlicht und einfach gar nicht existierte – wie Arabellas Ufos, darüber hatte er auch nichts gefunden. Inzwischen hatte Konrad allerdings den Verdacht, dass in dem Buch auch manches fehlte. Tamaras Magnetismus und Ivos Geistergespräche zum Beispiel. Oder wie es eigentlich möglich war, per Gedankenkraft ein Modellflugzeug zu steuern.

Als sie wieder allein im Zimmer waren, zeigte Ivo Konrad

einen Metallhaken, den er bei einem alten Schrotthändler auf dem Flohmarkt gekauft hatte. Angeblich ließen sich damit verschlossene Türen öffnen.

»Den können wir an der kleinen Holztür ausprobieren!«, sagte er.

Konrad fiel siedend heiß ein, dass Ivo ja noch gar nichts von seinem Besuch im oberen Stockwerk des Arkana-Zentrums wusste. Und während er zu erzählen begann, merkte er, wie sehr er es vermisst hatte, jemanden zu haben, dem man seine Geheimnisse anvertrauen kann. Er erzählte einfach alles. Von der Suche nach Millis Ohrring und vom Goldhut im Geheimsafe. Von der eleganten Unbekannten auf dem Flughafen und von Arabella, die immer alles durcheinanderbrachte und die Babytaschen verwechselt hatte. Und sogar die Geschichte von Mrs Stones Mann, der auf der Suche nach seinem verschwundenen Sohn bis nach Indien gereist und dort irgendwann gestorben war.

Ivo hörte zu, und seine Augen wurden immer größer.

»Dann wäre die widerliche alte Stone ja deine Großmutter«, sagte er, als Konrad schließlich fertig war. »Wahnsinn. Das ist die verrückteste Geschichte, die ich je gehört habe!«

»Aber Mrs Stone und Milli haben bei ihrem Streit gar nicht von Bombay geredet … Vielleicht meinten sie ja einen *anderen* Flughafen …«, überlegte Konrad und betete im Stillen, dass es so war. Wenn er eine so furchtbare Oma hatte, waren seine Eltern womöglich auch nicht sehr viel besser.

»Quatsch«, sagte Ivo. »Ich glaub bloß nicht, dass Arabella die beiden Taschen verwechselt hat!«

Konrad runzelte die Stirn. »Wie meinst du das?«

»*Sie* war's natürlich, Mrs Stone! Sie hat die Taschen *vertauscht,* als Arabella weg war. Und zwar mit Absicht.«

Konrad starrte ihn entgeistert an. An die Möglichkeit, dass die andere Frau schuld an der Verwechselung sein konnte, hatte er noch nie gedacht. Schließlich war Arabella ja selbst davon überzeugt gewesen, nach der falschen Tasche gegriffen zu haben.

»Arabella kann sicher nichts dafür«, sagte Ivo überzeugt. »Die Alte hat sich einfach ihr Baby geschnappt!«

»WAS? Man vertauscht doch nicht einfach absichtlich zwei Kinder!«

»Wieso denn nicht? Wenn sie Jungs nicht leiden kann und lieber eine Enkeltochter hätte? Die nimmt sich einfach, was sie haben will.«

Konrad wurde ganz mulmig zumute. Vielleicht hatte Ivo ja recht, und Arabella war vollkommen unschuldig. Was bedeutete, dass es überhaupt keinen Grund gab, wütend auf sie zu sein.

»Zu blöd, dass wir keinen Zeugen haben«, grübelte Ivo. »Irgendwer muss doch gesehen haben, wie sie die Taschen vertauscht hat …«

Herr und Frau Murmanski küssten Konrad zum Abschied, wie sie Ivo geküsst hatten, und als Konrad wenig später in der Straßenbahn saß, musste er sich zähneknirschend eingestehen, dass er Ivo schrecklich beneidete, weil er nicht nur eine Mutter, sondern auch einen Vater hatte. Und noch dazu einen richtigen! Konrad stellte es sich wunderbar vor, mit einem Vater in derselben Wohnung zu wohnen. Ein Vater, der einem alles Mögliche zeigte und erklärte, war auf jeden Fall viel besser als ein blödes, unvollständiges *Wie funktioniert die Welt?*-Buch!

Als er nach Hause kam, war Arabella in ihrer Werkstatt gerade am Großreinemachen. Sie stand auf der Trittleiter und versuchte mit einer Düse an einem superlangen Schlauch im Bücherregal zu staubsaugen.

»Oh, hallo Konrad!«, rief sie und schaltete den Staubsauger aus. »Na, wie war's?«

»Gut … Sag mal, hat damals auf dem Flughafen eigentlich jemand die unbekannte Frau gesehen, als du kurz weggegangen bist?«

Arabella brach erstaunlicherweise nicht in Tränen aus, sondern setzte sich auf die oberste Stufe der Trittleiter, um gründlich nachzudenken.

»Hm. Eigentlich könnte jeder sie gesehen haben …«

»Auch jemand, den du kennst?«

»Nein, bestimmt nicht.« Arabella schüttelte den Kopf. »Da war niemand … Nur ich … und Krax natürlich.«

»KRAX!«, schrie Konrad.

Arabella sah ihn verdutzt an. »Ja, ich hab ihn bei der Frau gelassen, ein paar Minuten … Was hast du denn schon wieder?«

»Nichts, ich … muss … nur mal kurz jemanden anrufen. Bin gleich wieder da!«

Arabella drückte kopfschüttelnd auf die Staubsaugertaste.

Ivo war ganz aufgeregt und ließ Konrad gar nicht erst zu Wort kommen, als sie zwei Minuten später telefonierten.

»Gut, dass du anrufst! Es gibt interessante Neuigkeiten!«

»Was denn für Neuigkeiten?«, fragte Konrad verdutzt.

»Als du weg warst, hab ich ein bisschen gegoogelt«, sagte Ivo. »Alle Infos über Mrs Stones Goldhut. Und weißt du, was dabei herauskam? Dass er *geklaut* ist!«

»WAS?«, rief Konrad.

Ein Rascheln war zu hören.

»Wart, ich hab's ausgedruckt … Hier, pass auf: *›Nürnberg, 26. Mai. Wie heute bekannt wurde, ist aus dem Germanischen Nationalmuseum in der Nacht zum 24. 5. ein sogenannter Goldhut entwendet worden. Der Priesterhut aus Goldblech wurde zur Bronzezeit für religiöse Zwecke genutzt und diente möglicherweise auch als Kalender. Überwachungskameras filmten eine schwarz gekleidete weibliche Person.‹*«

»Nein!«

»Doch. Mrs Stone ist eine Verbrecherin!«, sagte Ivo begeistert. »Toll, was? Kein Wunder, dass sie den Goldhut so gut verstecken muss.«

Konrad versuchte sich vorzustellen, was Milli wohl sagen würde, wenn sie erfuhr, dass ihre Oma mitten in der Nacht in ein Museum eingebrochen war … Aber dann fiel ihm wieder ein, dass die widerliche Mrs Stone eigentlich ja gar nicht Millis Oma war, sondern vielleicht *seine*! Bei dem Gedanken daran wurde ihm ziemlich flau im Magen.

»Hallo? Bist du noch da?«, tönte Ivos Stimme aus dem Hörer.

Konrad berichtete ihm rasch, was er von Arabella erfahren hatte.

»Ein Rabe?« Ivo klang nachdenklich. »Ich glaube, ich weiß jetzt, wer uns die Wahrheit sagen wird …«

»Krax kann leider nicht sprechen«, erklärte Konrad.

»Aber Mrs Stone.«

»Die gibt doch nie und nimmer zu, dass sie es war!«

Durch die Telefonleitung knisterte ein Lachen.

»Wart's ab«, sagte Ivo.

Der Höllenbote

Mit der Zeit hatte Mrs Stone es sich zur Gewohnheit gemacht, dienstags immer einen längeren Vortrag vor der Klasse zu halten. Meist schimpfte sie dann darüber, wie schlecht die Schülerinnen alle seien, dass es kaum nennenswerte Fortschritte gäbe und wie beschämend sie es fände, dass diese Schule von allen spirituellen Schulen auf dem gesamten Globus die mit den miserabelsten Leistungen sei. Frau Schiwer, die Lehrerin, stand jedes Mal schweigend und blass daneben und knetete ihre Unterlippe zwischen Daumen und Zeigefinger.

Als Konrad und Ivo am folgenden Dienstag in der Hafenstadt ankamen, fuhr die Direktorin gerade in ihrem neuen Wagen vor, einem offenen Cadillac mit spitz zulaufenden Haifisch-Heckflossen, der wie ein Batmobil aussah. Nur nicht schwarz wie das von Batman, sondern wellig schwarz und weiß gestreift wie ein Safarijeep!

Konrad fand den Wagen megacool. Er sah aus, als hätte Batman vor, in Afrika auf Großwildjagd zu gehen. Am Steuer saß Mrs Stones Chauffeur, ein eleganter dunkelhäutiger Mann im schwarzen Anzug, der eine verspiegelte Sonnenbrille und weiße Handschuhe trug. Und hinten, auf dem Rücksitz, hockte Milli mit gesenktem Kopf neben Mrs Stone.

Eine Horde neugieriger Mädchen umringte den Cadillac, und Frau Bramer, die eilig herbeigelaufen war, riss die Wagentür auf.

»Weg da, weg!«, fuhr Mrs Stone die gaffenden Mädchen an und stieg handwedelnd aus. Milli huschte mit zwei Einkaufstüten an Konrad vorbei, ohne ihn zu bemerken, und verschwand im Arkana-Zentrum.

Wenig später saßen sie alle im Saal, und Mrs Stone rauschte mit wütender Miene herein, nahm neben Frau Schiwer Aufstellung und begann mit ihrem Wochenrückblick.

»Ihr seid schleckt, schleckt, schleckt!«, rief sie über die Kinderköpfe hinweg. »Meine Schulerinnen in Australia finden mit Wunschelruten Goldadern und Silberminen! Und was findet IHR?«

Ivo hatte Konrad schon erzählt, dass die angebliche Goldader, auf die Tamara beim Rutengehen gestoßen war, sich als Irrtum entpuppt hatte. Frau Schiwer und Frau Bramer hatten noch am selben Tag an der Stelle zu graben begonnen und in zwei Metern Tiefe einen alten, halb verrosteten Einkaufswagen gefunden.

»UNBEGABT, SCHLECKT UND DUMM!«, keifte Mrs Stone.

»Aber das stimmt doch nicht«, sagte Frau Schiwer. »Viele hier in der Klasse sind sehr begabt. Und Tamara ganz besonders. Es kann doch niemand was dafür, wenn wir hier keine Goldminen finden.«

Mrs Stone fuhr herum und funkelte Frau Schiwer wütend an.

»SIE WAGEN ES, MICK ZU WIDERSPRECKEN?«, brüllte sie. »RAUS MIT IHNEN! UND KOMMEN SIE ÖRRST WIEDER REIN, WENN ICK SIE RUFE!«

Frau Schiwer verließ ohne ein Wort den Saal.

Mrs Stone verkündete: »Ab heute gibt es zehn Regeln, die ihr einhaltet. Das örrste Regel lautet …« Sie drehte sich um und schrieb mit krakeligen Buchstaben an die Tafel:

Erstes Regel:
Ich stehe jeden Morgen um fünf Uhr auf und meditiere mindestens zwei Stunden!
Zweites Regel:
Abends reinige ich mich mit meiner Auradusche von schlechten Energien und negativen Schwingungen!

»Das schreibt ihr hundörrtmal ab!«, ordnete Mrs Stone an. »Und nackhörr komme ick und sammle euörrn Heften ein!«

Sie schritt bereits Richtung Ausgang, als Ivo plötzlich von seinem Stuhl aufsprang. Seine Gesichtsfarbe wirkte noch ein wenig blasser als sonst, und er verdrehte röchelnd die Augen.

»Frau Direktorin …«, keuchte er.

»Wenn dir schleckt ist, darfst du kurz raus«, sagte Mrs Stone großzügig.

»Mir ist nicht schlecht. Ich … ich empfange gerade eine Botschaft!«

»Ach, und von wem?«

»Von einem Geist.«

Mrs Stone runzelte die Stirn. »Sei bitte nickt albörrn!« Sie wollte schon weitergehen, aber da begann Ivo am ganzen Körper zu zittern und mit den Augendeckeln zu klappern, als ob der gesprächige Geist gerade in diesem Moment in ihn gefahren wäre und nun in seinem Körper Purzelbäume schlug.

Die Mädchen starrten ihn entsetzt an, aber Konrad wusste sofort, dass der Geist nicht echt war – er hatte ja gesehen, wie Ivos Gespräche mit Verstorbenen normalerweise verliefen, nämlich ganz ohne Geröchel und Gehampel.

Ivo schien ein ziemlich guter Schauspieler zu sein.

»Oooooooooh«, stöhnte er. »Oliiiiiiivia!«

Mrs Stone erstarrte.

»Ich bin es, dein Maaann!«, raunte Ivo, was eindeutig gelogen war, denn er sprach immer noch mit seiner eigenen Stimme, auch wenn er sich Mühe gab, tiefer zu klingen.

Der rote Lippenstiftmund von Mrs Stone wurde zu einer dünnen, messerscharfen Linie. Sie packte Ivo am Ärmel und schüttelte ihn, aber er verdrehte die Augen, und sein Kopf sank schlaff nach unten wie bei einer Stoffpuppe.

»Du hast gestohlen, Olivia, GESTOHLEN!«

Mrs Stone riss Ivo am Arm nach oben.

»EINEN HUT AUS GOLD!«

Milli schnappte nach Luft.

Die Direktorin ließ Ivo los, als hätte sie sich die Finger verbrannt, und er plumpste zurück auf seinen Stuhl.

»Ich bin sehr traurig, Oliiiiivia, seeehr, sehr traurig … Weil du so schlimme Dinge tust. Das ist nicht mehr meine geliebte schöne Olivia, wie sie früher einmal war!«

Mit Mrs Stone ging eine seltsame Veränderung vor sich. Ihr

Mund stand vor Schreck weit offen, ihr Blick wurde glasig, und sie starrte Ivo an, als stünde tatsächlich ihr Mann vor ihr.

»Oh, Karl, mein Karlschen«, presste sie mühsam hervor. »Ick bin dock immer nock genauso lieb und schön wie damals. Oh, Karlschen …«

»Nein …« Ivo schüttelte betrübt den Kopf. »Nein, leider nicht. Ach, es zerreißt mir das Herz!«

»Bist … Bist du es würglick, Karl?«, stammelte Mrs Stone. »Oh, gib mir ein Zeischen!«

Ivo hob den Kopf und bedachte Mrs Stone mit einem strengen Blick.

»Du willst ein Zeichen?«

»Ja.«

»Nun guuuuut«, raunte Ivo mit Grabesstimme. »Du sollst dein Zeichen bekommen. Ich schicke dir einen Boten der Hööööölle, der dir sagt, wie schlimm du bist. Damit du deine Taten bereeeuuust!«

»HELP!«, rief Mrs Stone. Sie rannte zum Fenster, riss es auf und rang keuchend nach Luft.

»Einen Boooten der Hööölle in Gestalt eines schwarzen Vogels!«

Mrs Stone schlug eine Hand vor den Mund und starrte Ivo entgeistert an.

»Aaaaaaaaaaaaaaaaaaaaaaaaaaaaaaaah!«, kreischte Sabrina. »Da, Mrs Stone … DA!«

Alle starrten zum Fenster. Auf dem Sims hockte ein großer blauschwarzer Rabe, der neugierig ins Klassenzimmer spähte.

»Der Höllenbote!«, schrie Maria.

Die Direktorin wurde leichenblass, als sie den Raben erblickte. Der Vogel beäugte sie kurz, dann schwang er sich laut krächzend in die Luft und landete mitten auf ihrer Zuckerwattenfrisur.

Mrs Stone stieß einen spitzen Schrei aus.

»Siehst du, Olivia?« Ivo nickte nachdenklich vor sich hin. »Er scheint dich zu erkennen. Erinnerst du dich an ihn, damals in Bombay?«

»Ick … ick habe dieses Vogel nie gesehen!«, rief Mrs Stone entsetzt. »AU!« Der Rabe zog mit aller Kraft an einer weißen Strähne.

»Olivia, Olivia …« Ivos Stimme klang enttäuscht. »Ich glaube, er will uns sagen, dass du lügst. Und wieso hast du Milli erzählt, dass ihre Mutter eine Araberin ist? Das war doch auch gelogen!«

»NEIN!«, schrie Milli und sprang von ihrem Stuhl auf.

»Es war nickt gelogen … AU!«

Ivo seufzte. »Und dass du damals in Bombay die beiden Kinder vertauscht hast, das war gar nicht nett von dir … Und nun schau mal, wer da vor dir sitzt: dein lieber Enkel Konrad, den du so gerne los sein wolltest …«

Durch die Sitzreihen ging ein Raunen.

Mrs Stone starrte Konrad fassungslos an und wurde noch ein bisschen blasser. »Du?«, sagte sie leise. Sie sagte es wirklich *sehr, sehr* leise, aber es war trotzdem zu hören, weil alle den Atem anhielten.

»KONRAD!«, schrie Milli in die Stille hinein. Und dann rannte sie auf ihn zu und umarmte ihn.

Die anderen Mädchen machten verdutzte Gesichter.

»Sie *sind* verliebt!«, rief Sabrina wütend.

Konrad drückte Milli an sich. Was ihn betraf, hatte Sabrina vielleicht gar nicht so unrecht. Aber er hätte sich lieber die Zunge abgebissen, als es zuzugeben.

»Es war die andörre Frau«, keuchte Mrs Stone. »Sie hat die beiden Taschen vörrwechselt … AU! DU VÖRRDAMMTE BIEST!« Der Rabe zerrupfte ihr mit seinen Krallen die Frisur, bis die Haare nach allen Seiten abstanden wie bei einem alten Rasierpinsel. Dann schwang er sich mit einem mächtigen Flügelschlag in die Luft und segelte zu Konrads Schulter hinüber.

»Ach, Olivia …« Ivo schwieg und grinste.

Milli ließ Konrad wieder los. »DU HAST ES MIT ABSICHT GETAN!«, brüllte sie.

»Und Krax hat es gesehen«, ergänzte Konrad.

»Krabsicht!«, kreischte Krax.

»Deine Eltörrn können dock froh sein, eine Tockter zu haben«, zischte Mrs Stone zu Milli hinüber. »Jungen sind undankbar und laufen örrgendwann von zu Hause fort, und man hört nie wieder was von ihnen …«

In diesem Moment öffnete sich die Tür, und Frau Schiwer betrat den Saal. Sie war kaum wiederzuerkennen. Ihr langes schwarzes Haar war hochgesteckt, das Lametta darin war verschwunden, und statt des wallenden Kleides mit den Spiegelsplittern trug sie nun einen Rock, Mantel und Regenschirm.

»Ich kündige«, sagte sie, drehte sich auf dem Absatz um und schloss die Tür wieder.

Mrs Stones Lippen kräuselten sich ein wenig. »Jungen haben keinen Sinn für Magie«, fuhr sie fort. »Sie sind dumm und unbegabt!«

»Ach ja?«, sagte Konrad, und Mrs Stones schwarz-weiß gestreifte Handtasche, die auf dem Lehrerpult gestanden hatte, begann plötzlich durch den Raum zu schweben wie ein schwereloser Satellit. Sie öffnete sich in der Luft, und heraus segelte Millis Goldohrring, direkt hinein in Konrads Hand.

»Hier bitte!«, sagte er und reichte ihn Milli.

Die Tasche plumpste zu Boden, und zum Vorschein kam ein einsamer Zebrafrosch, der sich offenbar verirrt hatte und mit zwei riesigen Sätzen auf Sabrinas Tisch landete.

Sabrina kreischte. Im selben Moment öffnete sich die Tür zum zweiten Mal, und Frau Bramer trat ein. In der Hand hielt sie den tragbaren Käfig mit dem fauchenden Rasputin.

»Ich kündige ebenfalls«, sagte sie und ging.

Mrs Stones Lippen waren so dünn geworden, dass sie fast keine mehr zu haben schien. Sie warf Konrad einen sonderbaren Blick zu, der irgendwie wütend und traurig und erschrocken zugleich wirkte, dann hob sie ihre Handtasche auf, schritt den Gang hinunter und verließ den Saal.

Ein paar Sekunden später heulte der Cadillac auf, der Wagen fuhr kreischend an, und das Motorengeräusch entfernte sich und wurde leiser und leiser.

Langstreckenflüge

Draußen schien die Sonne, und Konrad und Milli liefen schon seit einer Ewigkeit über die Wiese hinter der alten Hafenstadt und redeten und redeten. Sie mussten lachen, als sie an dem großen Erdhaufen vorbeikamen, der mit Frau Schiwers gelbem Fähnchen markiert war. Dahinter klaffte ein riesiges Loch im Boden, aus dem die Hälfte eines rostigen Einkaufswagens hervorlugte.

Konrad erzählte Milli alles über Arabella, und Milli erzählte ihm alles, was sie über die Indienreise wusste. Damals waren seine Mutter und seine Oma mit ihm nach Bombay geflogen, um Mrs Stones Mann, der gerade gestorben war, ein letztes Mal zu sehen. Und kurz vor dem Rückflug hatte Konrads Mutter am Flughafen gemerkt, dass ihr Hausschlüssel fehlte. Deshalb fuhr sie noch einmal ins Hotel zurück und ließ die Babytasche mit Konrad darin bei Mrs Stone …

Als sie kurz vor dem Start der Maschine in den Warteraum gerannt kam, saß dort ihre elegante Mutter mit der falschen Babytasche und blätterte in einer Modezeitschrift.

»Sie las Zeitung?« Konrad konnte es nicht fassen. Seine Oma hatte ihn einfach gegen ein anderes Kind eingetauscht und sich danach in aller Seelenruhe die neueste Mode aus Paris angeschaut!

Milli nickte. »Mama hat sofort gemerkt, dass es die falsche Babytasche war, und ist komplett ausgerastet.«

Mrs Stone hatte Konrads Mutter einfach erzählt, dass die andere Frau eine Araberin gewesen wäre, die nach Abu Dhabi wollte.

»Und ich habe mir so viel Mühe gegeben, Arabisch zu lernen … Alles umsonst!«

Krax ließ sich auf Millis Schulter nieder und rieb tröstend seinen Schnabel an ihrer Wange.

»Er erinnert sich an dich!«, sagte Konrad.

Der Rabe pickte neugierig nach ihrem Goldohrring.

Vor ihnen tauchte eine lange Kurve des Kanals auf, und sie bogen links ab und liefen am Ufer entlang zurück zur Hafenstadt. Krax segelte mit ein paar mächtigen Flügelschlägen über das Wasser zur anderen Kanalseite hinüber, stieg dann immer höher und ließ sich schließlich in den Wipfeln einer hoch aufragenden Pappel nieder, um die Aussicht zu genießen.

Konrad holte tief Luft und stellte endlich die Frage, vor der er sich am meisten gefürchtet hatte: »Und … wie ist mein Vater so?«

»Ja, nett«, antwortete Milli.

»Wie … bloß *nett*?«

»Na ja … Ich kenne ihn gar nicht so gut.«

Konrad musste schlucken. »Sind deine … Sind *meine* Eltern geschieden?«

Milli schüttelte den Kopf. »Nein, aber er fliegt ja dauernd!«

»Fliegt?«

»Er ist Pilot«, erklärte Milli. »Bei der Schweizer Fluggesellschaft.«

Konrads Herz machte einen Satz.

»Pilot? Bei *Swiss Air*?«

»Ja, genau.«

»DAS IST JA FANTASTISCH!«

»Nee, ist es nicht«, sagte Milli. »Weil er so selten nach Hause kommt.«

»Und macht er auch Langstreckenflüge?«

»Ja, sogar meistens.«

»Wahnsinn!«

Konrad malte sich aus, wie sie zusammen im Cockpit sitzen und zu den Fidschi-Inseln fliegen würden …

»Und *meiner*?«, fragte Milli.

»Ich weiß gar nichts über ihn«, sagte Konrad. »Arabella hat nie über ihn gesprochen. Aber das wird sich jetzt ändern, das verspreche ich dir!«

Hinter der nächsten Biegung tauchte die Hafenstadtbrücke auf, und als sie dort ankamen, sahen sie, dass auf der kleinen Wiese neben der Einfahrt zur Hafenstadt gerade der Kurs *Entdecke die Naturgeister* stattfand.

Frau Avalon und ihre zwanzig Frauen in den leuchtend weißen Jogginganzügen hatten einen großen Kreis gebildet. Sie hielten sich mit geschlossenen Augen an den Händen, und nachdem Frau Avalon dreimal hintereinander »Shanti!« gerufen hatte, sprachen alle gemeinsam im Chor:

Von Elfen lassen wir uns helfen!
Mit Geistern werden wir es meistern!
Eins, zwo, drei, vier,

Alle schwangen gemeinsam die Arme hoch.

Himmel, Erde, Mensch und Tier,
Feuer, Wasser, Luft und Erde
in Ewigkeit gesegnet werde!

Alle schwangen noch mal die Arme hoch.

Frau Avalon öffnete die Augen als Erste, und als sie Milli entdeckte, löste sie sich aus dem Kreis und lief ihnen entgegen.

»Milli, du Liiiebe! Wie schön, dass ich dich treffe«, sagte sie lächelnd. »Wir haben versucht, ins Haus hineinzukommen, aber es war abgeschlossen …«

Konrad wechselte schnell die Blickrichtung, als er sah, wie Monalisa vierarmig zu ihm herüberwinkten.

»Könntest du deine liebe Oma nicht fragen, ob wir einen eigenen Schlüssel haben dürften? Das wäre nett … Und viel praktischer.«

»Meine Oma ist kein bisschen lieb, sondern eine blöde

Kuh!«, erwiderte Milli. »Und das Arkana-Zentrum hat zugemacht.«

»Oh«, machte Frau Avalon. Einen unschlüssigen Moment lang zuckten ihre Mundwinkel, dann fiel ihr Lächeln in sich zusammen.

Der schimmernd blaue Kanal und die verfallene Hafenstadt verschwanden hinter einer Wegbiegung. Konrad saß im Bus, streichelte Krax übers Gefieder und fragte sich, wann er Milli wohl wiedersehen würde. Er hatte sie nur mit großer Mühe davon abhalten können, auch in den Bus zu steigen und einfach mit ihm mitzufahren, um Arabella auf der Stelle zu treffen. Konrad verstand das; er selbst wäre natürlich am liebsten sofort in die Schweiz gefahren, um endlich seine Eltern kennenzulernen, besonders seinen Vater, den Piloten! Aber für Arabella wäre der Schock sicher zu groß gewesen, deswegen war es bestimmt besser, erst einmal in Ruhe mit ihr zu reden, ehe sie ihre Tochter wiedersah. Bis dahin würden er und Milli so oft wie möglich telefonieren.

Krax hockte auf Konrads Schulter und klapperte rhythmisch mit seinem Schnabel vor sich hin, als hätte er Kopfhörer auf und einen MP3-Player unterm Flügel. Er schien mit sich und der Welt äußerst zufrieden zu sein.

»Das hast du supertoll gemacht, Krax!«, lobte ihn Konrad.

Der Rabe reckte den Hals und drückte die Brust heraus.

»Und ich war so blöd und habe die ganze Zeit nicht kapiert, dass du sprechen lernen wolltest, um uns etwas Superwichtiges zu sagen!«

»Krah!«

»Du bist der beste Rabe auf der Welt«, sagte Konrad und kraulte ihn am Hals. »Und der älteste Freund, den ich habe.«

Krax zog ihm liebevoll am linken Ohrläppchen.

Als sie zwanzig Minuten später an Erwin Plasters Apotheke um die Ecke bogen, trat der alte Apotheker gerade mit seinem Gehstock aus der Ladentür, um ein wenig frische Abendluft zu schnuppern.

»Sieh an«, brummte er. »Der Konrad. Nun, was macht dein Patient?«

»Ihre Medizin hat leider nicht geholfen«, sagte Konrad. »Aber Arabella hat einen genialen Trank gebraut, ein altes Mittel aus dem 19. Jahrhundert, das nur wirkt, wenn man es bei gelbem Vollmondlicht zubereitet …«

»HUMBUG!«, schnaufte Erwin Plaster.

»Genau das dachte ich auch, aber es hat tatsächlich funktioniert … Krax hat sogar Französisch gesprochen!«

»Kraaah, kroooh, krääääh!«, krächzte Krax.

Erwin Plasters Gesichtsfarbe wechselte schlagartig von Blass zu Rot. »Hör auf mich zu verulken!«, brüllte er Konrad an. »Ich bin enttäuscht von dir, ENTTÄUSCHT! Für wie dumm hältst du mich? FRANZÖÖÖSISCH! Dein Rabe KRÄCHZT, genau wie jeder andere Rabe auch!«

»Ja, aber das liegt an der Überdosis …«

Der alte Apotheker knallte scheppernd die Tür hinter sich zu.

Konrad zuckte mit den Achseln, kramte seinen Schlüssel hervor und schloss die Tür zum Kräuterladen auf. Hinter der

Scheibe hing bereits das *Leider geschlossen!*-Schild, denn Arabella hatte an diesem Tag ein bisschen früher Schluss gemacht, um zu einem Vortrag über sprechende Pflanzen zu gehen. Sie würde erst spät nach Hause kommen, und Konrad war eigentlich ganz froh darüber, denn so blieb ihm noch genügend Zeit, um sich zu überlegen, was er ihr sagen sollte.

Krax war durch die Rabenluke ins Haus geschlüpft, und als Konrad den Laden betrat und ihm der vertraute Kräuterduft entgegenschlug, hatte er zum ersten Mal das Gefühl, dass in seinem Leben eigentlich alles in bester Ordnung war – oder zumindest sehr bald sein würde.

»Krax, wo steckst du denn?«, rief er.

Über seinem Kopf quietschte etwas.

Der Rabe, der auf der Lampe geschaukelt hatte, landete auf seiner Schulter.

»Ach, Krax«, seufzte Konrad. »Ich weiß echt nicht, wie ich mit Arabella reden soll! Wie fängt man denn bloß an?«

Er spürte einen leichten Luftzug am linken Ohr, dann war Krax plötzlich verschwunden.

»Krax?«

Im nächsten Moment spürte er einen leichten Luftzug am *rechten* Ohr, und Krax landete elegant auf seiner anderen Schulter.

»Was hast du denn da?«

Der Rabe hielt etwas im Schnabel und legte es Konrad in die Hand.

Es war die kleine blaue Schachtel mit den Goldbuchstaben, die sie in Arabellas altem Koffer gefunden hatten.

Konrad öffnete sie, und in der Schachtel lag ein Goldohrring. Er bestand aus mehreren Teilen, die locker aneinanderhingen. Im oberen Teil war ein Halbmond auf blauem Untergrund zu sehen, und direkt daneben blitzten zwei winzige goldene Sterne.

Veränderungen

Am nächsten Morgen kam Konrad eine halbe Stunde zu spät in die Küche hinunter. Er hatte verschlafen.

»Wieso hast du mich denn nicht geweckt!«, sagte er vorwurfsvoll zu Arabella, die bereits hellwach war und beste Laune zu haben schien.

»Macht alles nichts«, erwiderte sie. »Ich *fahre* dich!«

»Wieso, ich dachte, der Wagen ist in der Werkstatt?«, sagte Konrad und kratzte sich an der Stelle am Hals, die merkwürdigerweise morgens immer juckte.

»Abgeholt!«, verkündete Arabella und strahlte ihn an. »Gerade eben. Willst du mal sehen?«

Konrad nickte brummig und fragte sich, was es wohl groß zu sehen geben würde. Arabella hatte sich nach langem Hin und Her endlich mal entschlossen, etwas gegen die vielen Rostflecken zu tun, und ihre alte, klapperige Ente würde immer noch die alte, klapperige Ente sein, nur eben ohne Rost.

Sie stiegen die Treppe hinunter, und Arabella bugsierte ihn mit geschlossenen Augen durch den Laden, riss die Tür auf und rief: »TA-DAAAAAAA!«

Konrad schlug die Augen auf und zuckte zusammen.

Die Ente war kaum wiederzuerkennen. Sie hatte neue

Reifen, keine Rostflecken, die Schutzbleche saßen felsenfest, und statt schmutzig rot war sie nun schwarz-weiß und wellig gestreift wie ein Safarijeep!

»Na, was sagst du?«

»COOL!«, sagte Konrad. Der Wagen sah aus wie eine Miniausgabe von Mrs Stones schnittigem Batmobil im Zebralook!

»Das ist die geniale Idee, die ich neulich hatte«, erklärte Arabella. »Wenn meine Zebrafrösche alles lieben, was schwarzweiß ist, dann brauche ich mit der Zebraente doch nur durch die Stadt zu fahren, die Frösche springen auf mein Auto, und schon hab ich sie wieder! Toll, was?«

Konrad verdrehte die Augen. »Das funktioniert nie im Leben!«

»Alter Griesgram«, sagte Arabella. »Man kann es doch zumindest mal versuchen!«

Als sie sich eine halbe Stunde später in die Streifenente setzten, schaltete Arabella das Radio ein, und Konrad stellte begeistert fest, dass es nun immerhin ein Stereomodell war. Rechts und links prangten an der Innentür zwei schicke neue Boxen! Gerade kam eine Verkehrsdurchsage, dass die Innenstadt aufgrund eines Unfalls mit Polizeieinsatz weiträumig abgesperrt worden sei.

»Mist. Das schaffen wir nicht mehr rechtzeitig«, schimpfte Konrad.

»O doch!« Arabella trat aufs Gaspedal, flitzte durch drei kleine Straßen, die sie den »Geheimweg« nannte, direkt auf die Stadtautobahn und brauste auf der Überholspur Richtung Planetarium.

Konrad traute seinen Augen nicht, als er auf den Tacho sah. Die Ente fuhr fast 180 und surrte dabei so gemächlich dahin wie eine Luxuslimousine! Früher hatte sie schon bei Tempo 100 gerappelt und geklappert, und ihre Höchstgeschwindigkeit waren 150 Stundenkilometer gewesen, aber nur bergab!

»WUUUUUUH!«, brüllte Konrad.

Arabella lachte, und eine knappe Viertelstunde später hielten sie bereits vor der Schule, sogar etwas zu früh.

Konrad sprang aus dem Wagen und sah sich erwartungsvoll nach Publikum um, nach irgendjemandem, der mitbekam, dass er hier in einem Safariwagen vorfuhr, am besten Matti, Rollo oder Benno. Aber es war leider gerade niemand in der Nähe.

Als er sich umdrehte und die Wagentür schließen wollte, fiel ihm auf, dass Arabella irgendwie verändert wirkte. Sie trug ausnahmsweise ein ganz normales Kleid, kein einziges Glöckchen bimmelte an ihr, und in ihren roten Locken funkelte kein Glitzerstern.

Sie sah aus wie eine ganz normale Mutter.

Konrad verspürte plötzlich ein merkwürdiges Gefühl in der Magengegend, und ehe er richtig wusste, was geschehen war, hatte er ihr einen Kuss auf die Wange gedrückt und schlug die Wagentür zu. Ärgerlicherweise ging gerade in diesem Moment Frau Rosenbaum vorbei und nickte ihnen lächelnd zu. Arabella warf ihm durchs offene Entenfenster eine Kusshand zu, dann brauste sie davon.

»Du kommst jetzt mit!«, befahl Jette kurze Zeit später, kaum dass Konrad den Schulhof betreten hatte. Sie packte ihn am Arm und zerrte ihn in eine Ecke des Hofes, in der Matti und Rollo herumstanden und gelangweilt in die Gegend glotzten. Neben ihnen lehnte Benno an einer Bank, ließ den Kopf hängen und starrte wütend auf seinen Gipsarm.

»Ich will jetzt wissen, was in dem Park passiert ist!«, sagte Jette. »Und ob das, was Matti und Rollo erzählt haben, wirklich stimmt. Benno sagt nichts, also sag *du's* mir!«

Konrad stöhnte. Jette konnte es einfach nicht ertragen, nicht genau Bescheid zu wissen.

Benno biss sich auf die Lippen, und sein Kopf sackte immer tiefer nach unten.

Konrad sah Jette in die Augen. »Du hast mir doch selber gesagt, dass Matti und Rollo immer nur Mist erzählen! Und jetzt glaubst du ihnen plötzlich?«

»He, Moment mal …«, sagte Matti und schlackerte mit seinen langen blonden Haaren.

Rollo schob nervös seine Brille nach oben.

Jettes Kinnlade klappte herunter, und sie funkelte Konrad wütend an.

»Im Park war ein riesiger Hund, der zähnefletschend auf uns zuraste«, log Konrad. »Wir sind alle abgehauen, Matti und Rollo am schnellsten. Und Benno hat nach hinten geguckt und ist im Laufen mit dem Arm gegen einen Baum geknallt.«

Benno hob den Kopf und sah Konrad verdutzt an.

»ECHT?«, fragte Jette scharf.

»Nein, es war genau so, wie …«, begann Matti.

»Jetzt hört endlich auf, dauernd solchen Scheiß zu erzählen!«, schnauzte Benno. »Genau wie diesen Quatsch mit Konrads Ballettschule. Das habt ihr doch auch nur erfunden, um euch wichtig zu machen!«

»Aber …«, widersprach Rollo.

»Los, verzieht euch!«

Die beiden schlichen mit eingezogenen Köpfen davon.

Jette zögerte einen Moment, dann rannte sie Matti und Rollo hinterher.

Benno hob grinsend den Gipsarm und zückte einen roten Filzstift. »Hier. Willst du unterschreiben?«, fragte er.

Konrad grinste zurück und unterschrieb.

Als sie kurz darauf den Klassenraum betraten, stellte er fest, dass Jette sich umgesetzt hatte. Sie saß nun in der letzten Reihe neben einem Mädchen. Die beiden tuschelten und warfen Konrad böse Blicke zu. Er entschied im Stillen, dass sie ab sofort nicht mehr Jette die Nette war, und setzte sich einfach auf den freien Platz neben Tim.

»Na? Wie geht es deiner Mutter?«

Anstatt zu antworten, brach Tim in Tränen aus.

In der Klasse wurde es totenstill, und Konrad merkte, wie alle zu ihnen herüberstarrten. Normalerweise hätte er das alles schrecklich peinlich gefunden und überhaupt nicht gewusst, was er tun sollte. Aber an diesem Tag war irgendwie alles anders. Er legte Tim den Arm um die Schulter, und Tim heulte und heulte, bis Konrads Ärmel fast schon triefte.

Niemand machte eine blöde Bemerkung, nicht einmal Benno.

Nach einer Weile zog Tim ein Tempo aus der Hosentasche,

faltete es umständlich auseinander und trötete hinein. »Beschissen«, sagte er.

Sie schwiegen.

»Weißt du was? Du musst mich mal besuchen«, sagte Konrad schließlich. »Dann zeige ich dir das tollste ferngesteuerte Flugzeug, das es gibt!«

»Echt? Was denn für eins?«, schniefte Tim und fuhr sich mit dem Ärmel übers Gesicht.

»Den *schwarzen Tornado*!«

Ein alter Brief

Am Nachmittag schloss Arabella für kurze Zeit den Laden und setzte sich mit Konrad in die Küche, um das schwarzweiße Lakritz-Vanille-Eis zu essen, das Vera ihnen zur Einweihung der Zebraente spendiert hatte. Und weil Konrad fand, dass es eine gute Gelegenheit war, nahm er seinen ganzen Mut zusammen und zog die kleine blaue Schachtel aus der Hosentasche.

Er öffnete sie und stellte sie vor Arabella auf den Tisch. »Was ist das eigentlich für ein Ohrring?«

Arabella warf einen kurzen Blick auf die Schachtel und brach sofort in Tränen aus. Aber auch das fand Konrad an diesem Tag nicht weiter schlimm – er hatte ohnehin damit gerechnet.

»Oh, Konrad! Du bist an dem Koffer gewesen!«

»Stimmt.«

»Wie konntest du nur!«, sagte sie vorwurfsvoll. »Das ist *meine* Vergangenheit, und ich möchte nicht mehr daran denken.«

»*Meine* Vergangenheit ist es doch auch!«, erwiderte er. »Und ich *möchte* daran denken.«

Arabella sagte eine Weile gar nichts und schien zu überlegen. Dann sagte sie »Danke, Krax«, denn der Rabe war neben ihr auf dem Tisch gelandet und hatte ihr eine Packung Taschentücher hingelegt.

»Ich hatte zwei solche Ohrringe, ein Paar«, seufzte sie schließlich. »Sie waren ein Geschenk von Yasir.«

»Yasir?« Konrad runzelte die Stirn.

»Der Mann, mit dem ich damals zusammen war. Er hatte sie aus seinem Heimatland mitgebracht, aus Syrien.«

»Syrien? Was spricht man denn da? Syrisch?«

»Arabisch«, sagte Arabella.

»WAS?« Konrad sprang von seinem Stuhl auf. »Millis … äh, ich meine Katis Vater ist ein ARABER?«

»Ja …«, sagte Arabella. »Aber das weißt du doch!«

»Woher denn?«

»Hab ich dir das nie erzählt?«

»Nein, du erzählst doch nie was!«

»Entschuldige«, schniefte Arabella.

»Wie war er denn so?«, fragte Konrad.

»Oh, eigentlich sehr nett. Ich war sehr verliebt in ihn. Wir konnten uns nur nicht so gut unterhalten. Er konnte kaum Deutsch und ich kein Arabisch. Und wir haben viel gestritten. Eigentlich dauernd.«

»Aber warum denn?«

»Ehrlich gesagt: Ich habe keine Ahnung. Und eines Morgens ging er weg und kam einfach nicht wieder. Ohne mir vorher was zu sagen!«

Arabella weinte ein bisschen, betupfte sich die Augen und goss sich eine Tasse dampfenden Kräutertee ein.

Bald nach Yasirs Verschwinden hatte sie gemerkt, dass sie ein Kind bekommen würde. Und nach der Geburt hatte sie einen der beiden Ohrringe mit einem feinen Goldkettchen an Katis linkem Fuß festgebunden, als Glücksbringer.

Konrad hörte atemlos zu. Also war es Arabella mit Yasir ganz ähnlich ergangen wie Mrs Stone mit ihrem verschwundenen Sohn.

»Und du hast später nie wieder etwas von ihm gehört?«, fragte er.

»Na ja …« Arabella zögerte.

»Wie … na ja?«

»Zwei Monate später kam ein Brief …«

»Ein Brief?«, fragte Konrad aufgeregt.

Arabella stellte ihre Teetasse ab, stand auf und öffnete die mittlere Schublade des Küchenschranks. Sie schob ihre Hand so tief hinein, dass der Arm fast bis zum Ellbogen darin verschwand, tastete ein wenig herum und zog schließlich eine kleine hübsche Holzschatulle hervor, die Konrad noch nie zuvor gesehen hatte.

Sie öffnete sie und entnahm einen blauen Luftpostumschlag, auf dem in krakeligen Buchstaben ihr Name stand. Und dort, wo der Absender hingehörte, befanden sich winzige arabische Schriftzeichen!

»Wahnsinn!«, rief Konrad. »Und der ist von *ihm*?«

»Das denke ich«, sagte Arabella.

»Ja, aber hast du den Brief denn nicht *gelesen*?«

»Konrad!«, sagte Arabella vorwurfsvoll. »Der Brief ist auf Arabisch. Ich *kann* doch kein Arabisch!«

Konrad sprang zum zweiten Mal von seinem Stuhl auf. »Du kannst kein Arabisch?«, rief er. »Natürlich kannst du Arabisch! Du hast doch *Lingua Magica,* also kannst du alle Sprachen dieser Welt! Und außerdem hätte Vera dir den Brief doch längst schon übersetzen können!«

Arabella blickte ihn fassungslos an.

»Ich Schaf!«, rief sie und schlug sich mit der Hand an die Stirn. »Du hast vollkommen recht. Wieso bin ich da nicht selbst draufgekommen?«

Krax landete neben Arabellas Teetasse und warf klirrend ein kleines Fläschchen in ihre leere Lakritzeisschale.

Konrad sah sie erwartungsvoll an.

»Na los!«, sagte er.

»Krrooos!«, krächzte Krax.

Arabella schaute von einem zum anderen. »Na denn«, sagte sie schließlich, entkorkte das Fläschchen und trank es in einem Zug aus. Besonders gut schien das Wundermittel nicht zu schmecken, denn sie schüttelte sich und machte zweimal hintereinander »Uäh!« – dann zog sie den Brief aus dem Umschlag, strich ihn glatt und las ihn so flüssig und problemlos vor, als wäre er auf Deutsch geschrieben:

16. Mai
Liebe Arabella,
ich bin weggegangen, weil wir uns kaum verstehen. Du sprichst Deutsch und ich Arabisch. Aber ich verstehe auch nicht die Dinge, die Du tust, all das mit den Sternen und den Kräutern, und Deine anderen Hobbys verstehe ich auch nicht …

»Also wirklich, *Hobbys*!«, schnaufte Arabella.

Und dass Du diese bunten Steine sammelst …

»Das sind Heilsteine!«, rief Arabella empört.

… und dass ich diesen Tee trinken sollte, der mir gar nicht geschmeckt hat …

»Das war Salbeitee gegen Erkältung, und Yasir hatte Halsweh!« Arabella knüllte den Brief wütend zusammen. »Also bitte, Konrad … Sterne und Heilsteine und Salbeitee! Ist das vielleicht ein Grund, einfach so wegzugehen?«

Ihre Augen füllten sich mit Tränen.

Konrad biss sich auf die Lippen.

»Nein«, sagte er.

»Ich hab ihn immerhin geliebt! Und er sagt kein Sterbenswort und haut einfach so ab!«

»Stimmt … Das ist gemein«, gab Konrad zu und verstand plötzlich überhaupt nicht mehr, warum er die ganze Zeit vorgehabt hatte, eines Tages genau dasselbe zu tun wie Yasir.

Arabella stopfte den zerknüllten Brief in die Holzschatulle und legte sie in die Küchenschublade zurück.

»Wolltest du denn, dass er irgendwann wiederkommt?«, fragte Konrad.

Arabella zuckte ratlos mit den Schultern. »Ich hatte solche Angst davor, ihm von Kati erzählen zu müssen«, erklärte sie. »Und dass ich nicht weiß, wo sie ist.«

»Ähm … Und wenn du es wüsstest?«

»Wie meinst du das?«

»Ich meine, nur mal angenommen, du wüsstest, wo sie ist. Was würdest du als Erstes tun?«

Arabellas Augen füllten sich wieder mit Tränen. Sie strich ihm zärtlich über die Wange.

»Was für eine Frage. Ich würde sie natürlich sofort anrufen und … Was ist das?«

Konrad hatte einen kleinen zusammengefalteten Zettel auf den Tisch gelegt.

»Das ist … ihre Nummer.«

»Was redest du denn da? Welche Nummer?«

»Die von Kati«, sagte Konrad.

Matterhörnchen

Es war früher Abend. Durch das Küchenfenster fiel rötliches Dämmerlicht herein, und Konrad und Arabella saßen immer noch vor ihren leeren Lakritzeisschalen und redeten. Konrad erzählte ihr alles, was er im Arkana-Zentrum erlebt hatte, und es dauerte so lange, dass Krax irgendwann ganz müde wurde und sich zu einem Nickerchen in seinen Brotkorb zurückzog.

Arabella hatte seltsamerweise nicht geweint, als sie erfuhr, dass Milli ihre Tochter war. Erst als Konrad ihr erzählte, wer die geheimnisvolle Unbekannte auf dem Flughafen gewesen war und dass Mrs Stone die beiden Babytaschen absichtlich vertauscht hatte, begann sie am ganzen Leib zu zittern.

»Dann *habe* ich die Taschen also gar nicht verwechselt?«

»Nein, hast du nicht.«

»OH, KONRAD!«

Arabella weinte ihr schlechtes Gewissen, das sie seit elf Jahren quälte, in elf Taschentücher, für jedes Jahr eins. Und als sie damit fertig war, sprang sie auf, rannte in ihr Schlafzimmer und pfefferte das mattsilberne Buch von Olivia Stone, das seit Ewigkeiten auf ihrem Nachttisch gelegen hatte, in den Papierkorb.

»Diese verdammte Hexe!«, brüllte sie, obwohl sie doch sonst eigentlich gar nichts gegen Hexen hatte. »Ich *schwöre,* dass sie bestraft wird!«

Konrad konnte sich später nicht erklären, ob es irgendetwas mit Hexerei zu tun hatte oder einfach nur ein verrückter Zufall war, aber der Schwur schien ziemlich schnell zu wirken – ungefähr nach einer Stunde.

Arabella stand gerade in der Küche und war dabei, ein paar belegte Brote zu machen, und Konrad hatte im Wohnzimmer den Fernseher eingeschaltet, weil sie abends immer zusammen die Nachrichten guckten, da erschien auf dem Bildschirm plötzlich das Foto eines seltsam geformten Gegenstandes, den Konrad sofort wiedererkannte: Es war der geraubte Goldhut.

Der Nachrichtensprecher warf einen sehr ernsten Blick in die Kamera und sagte:

»Am Theaterplatz kam es heute früh nach einem Auffahrunfall überraschend zu einer Festnahme. In den Unfall verwickelt war die australische Buchautorin Olivia Stone, die laut Polizei verdächtigt wird, an einem Kunstraub beteiligt zu sein, der bereits einige Monate zurückliegt.«

»Komm ganz schnell!«, brüllte Konrad.

Arabella hastete herein.

Inzwischen wurde ein kurzer Filmbericht gezeigt, in dem eine johlende Menschenmenge am Theaterplatz die Arme schwenkte, während im Vordergrund ein aufgeregter Reporter in sein Mikrofon sprach:

»Ein ungewöhnlicher Unfall, der sich hier ereignet hat und, wie es

scheint, durch eine Horde wilder Frösche ausgelöst wurde, die auf ein fahrendes Auto sprangen! Der Fahrer verlor vor Schreck die Kontrolle über seinen Wagen und rammte mehrere Fahrzeuge!«

Die Kamera schwenkte zu einem schwarz-weiß gestreiften Cadillac, auf dem fünfzehn quakende Zebrafrösche hockten.

»Meine Frösche!«, rief Arabella begeistert. »Siehst du, es funktioniert!«

»Was funktioniert?«

»Na, mein Trick mit dem Zebraauto!«

Konrad musste sich zähneknirschend eingestehen, dass sie recht hatte.

»Bei der polizeilichen Überprüfung der Personalien stellte sich überraschend heraus, dass die Besitzerin des Wagens dringend verdächtigt wird, einen wertvollen Kunstgegenstand aus einem Museum

entwendet zu haben. Vermisst wird seit einigen Monaten ein sogenannter Goldhut …«

»DA!«, rief Arabella verdutzt.

Auf dem Bildschirm erschien das wütende Gesicht von Mrs Stone, die von zwei Polizeibeamten abgeführt wurde.

»Was sagen Sie zu der Sache mit dem Goldhut?«, keuchte ein Reporter, der mit einem Mikrofon neben ihr herrannte.

Mrs Stone blieb so plötzlich stehen, dass die beiden Polizisten stolperten.

»Diese Fröschen sind ein Zeischen!«, zischte sie mit bebender Stimme in das Mikrofon. *»Von meinem Karlschen! Er ist sehr, sehr ärgörrlick …«*

»Äh … Wie meinen Sie das?«, fragte der Reporter verwirrt.

»Es sind Boten aus die Hölle!«

Der Reporter lachte.

»Lack nickt, jungörr Mann!«, ermahnte ihn Mrs Stone. *»Es gibt mehr Dingen zwischen Himmel und Örrde, als du dick träumen lasst! Lies meine Buch! Es kostet nur …«*

Sie schien noch viel mehr sagen zu wollen, aber im nächsten Moment schubsten die Polizisten sie und ihren Chauffeur in einen Streifenwagen, der sich mit lautem Geheul in Bewegung setzte.

Konrad kicherte und zeigte auf die Zebrafrösche, die beim Aufheulen der Sirene wie Sektkorken in die Luft schossen und in alle Richtungen flüchteten.

Arabella war mit dem Erfolg ihrer Frösche sehr zufrieden und ging am nächsten Tag zur Polizei, um dort zu Protokoll zu geben, wo sich der geheime Safe befand, in dem der Goldhut versteckt war.

Dann fuhr sie mit ihrer Streifenente fünfmal kreuz und quer durch die Stadt, und die Zebrafrösche sprangen von überallher auf ihr Auto, blieben dort sitzen und ließen sich problemlos nach Hause fahren. Beim Nachzählen stellte sich heraus, dass von den zwanzig Tieren nur vier fehlten. Konrad fand es erstaunlich, dass im dichten Stadtverkehr nicht viel mehr von ihnen überfahren worden waren – bis ihm die logische Erklärung dafür einfiel: Wahrscheinlich hatten die Frösche beim Überqueren der Straße jedes Mal den Zebrastreifen benutzt.

Am Abend desselben Tages setzte Arabella sich mit einer Jumbotasse voll Beruhigungstee vor das Telefon und starrte eine Stunde lang auf den kleinen weißen Zettel mit Millis Telefonnummer. Zwischendurch hob sie alle paar Minuten ihre Tasse, um an dem Tee zu nippen, und setzte sie dann wieder ab, weil sie vor lauter Tränen den Tassenrand nicht sah. Und als der Tee schließlich kalt war und Arabella vor lauter Angst so schlotterte, dass der Hörer ihr immer wieder vom Ohr rutschte, wählte sie schließlich doch die Nummer und telefonierte mit Konrads Vater, um alle einzuladen. Dann legte sie erleichtert auf und berichtete Konrad, dass seine Mutter und Milli nicht zu Hause gewesen waren.

Konrads Vater buchte gleich für den nächsten Tag einen Flug, und in der Nacht davor spielten Konrad und Arabella in Veras Schokoladenküche drei Stunden lang Monopoly, weil sie vor lauter Aufregung nicht schlafen konnten. Und während sie spielten, machte Vera zur Begrüßung von Konrads Eltern Schweizer Pralinen nach einem Geheimrezept, das ihr Großvater irgendwann einmal aus einem kleinen Bergdorf in den Alpen mitgebracht hatte. Die Pralinen hießen »Matterhörnchen« und waren kleine halbmondförmige Schokoberge mit wild gezackten Gipfeln und Gletscherspitzen aus weißem Zuckerguss. Renaldo war wieder in Florenz, erzählte Vera, während sie den Zuckerguss verteilte. Sie hatten beschlossen, dass sie erst mal eine Weile Abstand brauchten und dann weitersehen wollten …

Der Samstag kam, und um drei Uhr nachmittags hielt vor Arabellas Kräuterladen endlich ein Taxi, die hintere Wagentür wurde aufgestoßen, und heraus sprang eine Frau mit schulterlangem braunem Haar, die auf Konrad zustürzte und ihn mit aller Kraft an sich drückte.

»URSLI!«, rief sie, und im nächsten Moment regnete ein Tränenschauer auf ihn herab.

»Konrad!«, nuschelte Konrad mit halb erstickter Stimme und merkte sofort, dass ihm der Name, den seine Eltern ihm gegeben hatten, nicht gefiel. Außerdem hieß er ja nun schon seit fast elf Jahren Konrad, also sollte es auch dabei bleiben – *Ursli,* nein, das kam auf keinen Fall infrage.

»KATI!«, rief Arabella gerade.

»Nein, Milli!«, protestierte Milli. Und als die beiden sich umarmten, rasselten ihre vielen Armreife um die Wette, denn Arabella hatte sich an diesem Tag extra ein bisschen arabisch angezogen, um Milli eine Freude zu machen.

Konrad hatte sich immer vorgestellt, sofort zu spüren, dass seine richtigen Eltern eben seine richtigen Eltern waren, wenn er ihnen irgendwann einmal begegnen würde.

Die Frau, die vor ihm stand, war zierlich, hatte feines, dunkelbraunes Haar und eine etwas zu lange Nase – das war die einzige Ähnlichkeit, die ihm auffiel. Aber eigentlich konnte er überhaupt nicht glauben, dass sie seine Mutter war.

Er schluckte.

Hinter ihr näherte sich ein Mann in einem eleganten dunkelblauen Anzug. Er hatte einen kurzen Stoppelschnitt und blickte ihn verlegen an.

Vera begrüßte jeden mit einem Matterhörnchen, aber es dauerte eine ganze Weile, bis sie dazu kamen, die Pralinen zu probieren, denn als Konrads Eltern an Arabellas festlich gedecktem Küchentisch Platz nahmen, weinte seine Mutter immer noch – nicht nur, weil sie Konrad endlich wiedersah, sondern weil sie von Milli gerade erst erfahren hatte, was Mrs Stone damals auf dem Bombayer Flughafen getan hatte.

»Meine *eigene* Mutter!«, schluchzte sie. »Diese Hexe!«

Arabella nickte zustimmend, und Konrads Mutter deutete auf die Packung Taschentücher, die auf dem Tisch lag.

»Konrad, sei doch so nett und ...« Noch ehe sie den Satz vollendet hatte, segelten die Taschentücher schon auf sie zu und landeten in ihrer ausgestreckten Hand.

»Oh, entschuldige.« Sie faltete eins der Tücher auseinander. »Das passiert mir immer, wenn ich mich nicht unter Kontrolle habe ...«

»Das kann ich auch!«, rief Konrad verdutzt.

»Was denn?«, fragte sie.

Das Taschentuch, mit dem sie sich gerade die Nase putzen wollte, sprang ihr aus den Fingern und flatterte quer über den Tisch zurück zu Konrad.

»Na, das«, sagte er.

Darüber musste seine Mutter so lachen, dass es ihr sofort viel besser ging.

Während Vera eine Florentiner Torte servierte und Krax die Matterhörnchen gerecht auf alle Teller verteilte, holte Arabella zwei winzig kleine Päckchen, die sie Milli feierlich überreichte.

Milli sah sie mit großen Augen an.

»Na los, mach schon auf!«, drängte Arabella.

In dem ersten Päckchen war die kleine blaue Schachtel, die Konrad und Krax auf dem Dachboden gefunden hatten, und Milli schrie begeistert auf, als sie den zweiten Ohrring darin entdeckte.

»Von deinem Vater«, erklärte Arabella. Sie steckte ihn Milli vorsichtig an, und Milli wackelte stolz mit dem Kopf, bis die Ohrringe hin und her schlackerten wie bei einer indonesischen Tempeltänzerin.

In dem zweiten Päckchen lag ein kleines Fläschchen *Lingua Magica,* und Milli trank es in einem Zug aus und stellte fest, dass sie sich plötzlich mühelos mit Arabella auf Arabisch unterhalten konnte, genau so, wie sie es sich immer schon gewünscht hatte. Sie freute sich so wahnsinnig, dass sie ihrer Mutter drei arabische Küsse auf jede Wange drückte, und dann redeten und redeten und redeten die beiden, und außer Vera verstand niemand ein Wort.

Vera und Konrads Mutter probierten gerade die Matterhörnchen, als Konrad merkte, dass sein Vater ihn verstohlen ansah.

»Zeigst du mir dein Zimmer?«, fragte er.

Konrad nickte, und sie stiegen die schmale Treppe zur Dachkammer hinauf. Krax flog mit Torpedogeschwindigkeit voraus und saß bereits wartend in seiner Schlafschaukel, als sie ins Zimmer kamen.

Beim Eintreten musste Konrads Vater den Kopf einziehen, weil die Tür viel zu niedrig für ihn war, und als sein Blick auf die Flugzeugsammlung fiel und er die kaputte DC-10 mit dem Swiss-Air-Aufkleber im Regal entdeckte, bekam er vor lauter Rührung feuchte Augen.

»Genau so eine fliege ich!«, sagte er und deutete auf die DC-10.

»Ich bis vor Kurzem auch«, erklärte Konrad. »Aber die da ist leider abgestürzt und muss noch repariert werden.«

Statt der DC-10 ließ er eine Boeing 737 durch die Luft schwirren.

»Toll«, sagte sein Vater, als die Maschine sicher auf dem Landeteppich aufsetzte und langsam ausrollte. »Weißt du, was ein Flugsimulator ist?«

»Klar … Nur nicht so genau.«

»Das ist eine Kabine, die von innen aussieht wie das Cockpit eines Flugzeugs. Und da drin üben Pilotenschüler an einem Computer alle wichtigen Flugmanöver.«

»Auch die gefährlichen?«

»Die ganz besonders.«

»WAHNSINN!«

Konrads Vater lächelte.

»Wenn du uns in der Schweiz besuchst, können wir uns zusammen in so ein Ding setzen«, sagte er. »Dann kannst du mal eine Runde fliegen und alle Knöpfe ausprobieren!«

Die darauffolgende Nacht war wieder eine gelbe Vollmondnacht, und durch das Fenster der kleinen Dachkammer fiel das Mondlicht herein und tauchte alles in ein magisch-schummriges Orange.

Konrad lag in seinem Bett, und auf einer Matratze, die sie zusammen vom Dachboden geholt hatten, saß Milli. Konrads Eltern übernachteten in einem Hotel, weil Arabellas Haus einfach zu eng war, um mehrere Gäste zu beherbergen.

Milli hatte Konrads Taschenlampe angeknipst und betrachtete ein altes Foto von Yasir, das Arabella ihr gegeben hatte. Es war in einem Kräuterbuch in ihrer Werkstatt versteckt gewesen. Selbst Konrad hatte das Foto noch nie zuvor gesehen. Das Bild zeigte einen schlanken Mann mit dunklen Locken, der ein wenig schief in die Kamera lächelte.

»Hier auf dem Umschlag steht seine Adresse, siehst du?« Milli zeigte ihm den zerknüllten Brief, den sie ebenfalls von Arabella bekommen hatte.

Konrad beugte sich zu ihr hinüber, aber er sah nur kleine Punkte und Striche. »Nein, wo?«

»Na da!« Milli deutete mit dem Finger auf die Stelle. »Ich werde ihm schreiben, ganz bestimmt.«

»Gute Idee.«

»Meinst du, dass ich ihn finde und dass er mit mir irgendwann mal in die Wüste fährt?«

»Keine Ahnung«, sagte Konrad. »Gibt's in Syrien denn überhaupt Wüste? Wahrscheinlich war er selber noch nie dort.«

»Aber ich möchte so gerne mal dorthin. Das ist bestimmt toll, irgendwo zu sein, wo gar nichts ist. Nur Sand.«

»Ich habe eine Idee!«, flüsterte Konrad und sprang aus dem Bett. Er tappte zum Kleiderschrank hinüber, öffnete die Tür und holte die Schachtel mit der indischen Kristallkugel heraus. Milli schlüpfte aus ihrem Schlafsack und kam zu ihm herüber.

Sie stellten die Kugel in der Mitte der Dachkammer auf und zündeten zwei Kerzen an.

»Ich kann's immer noch nicht richtig gut«, sagte Konrad. »Aber vielleicht klappt es zu zweit ja besser.«

»Ich kann es *gar nicht*«, sagte Milli. »Los, fang an!«

Konrad versuchte sich zu konzentrieren, und wieder waren zuerst nur Nebelschwaden in der Kugel zu sehen, die wild durcheinanderwirbelten, genau wie die Gedanken in seinem Kopf. Nach und nach lichtete sich der Nebel, und sie blickten auf eine leere Wüstenlandschaft, wo Himmel und Erde am Horizont verschwammen, sodass man nicht sagen konnte, wo die Wüste eigentlich aufhörte.

In weiter Ferne tauchten drei Kamele auf, die gemächlich durch den Sand stapften. Konrad konzentrierte sich, und plötzlich wurden sie größer und größer, wie bei einer Kamera, die näher heranzoomt.

Auf dem Rücken der Kamele saßen drei Reiter, von oben bis unten in schwarze Gewänder eingehüllt – nur für die Augen gab es einen kleinen Schlitz zum Durchschauen.

»Das sind Beduinen!«, flüsterte Milli begeistert.

»Siehst du, es klappt nicht«, seufzte Konrad. Für einen kurzen Moment verlor er die Konzentration, und das Bild in der Kugel begann zu flimmern und verwischte.

»Nun wart doch mal …«, sagte Milli. »Stell scharf!«

Konrad bündelte seine Gedanken, und das Bild wurde wieder klar.

Eine der schwarz gekleideten Gestalten sprang von ihrem Kamel in den Sand hinunter und streifte das Tuch ab, das ihren Kopf bedeckte. Dunkle lange Locken quollen hervor und begannen zuckend im Wind zu tanzen, wie die Kobras eines indischen Schlangenbeschwörers.

Es war eine junge Frau.

»Siehst du das da?«, rief Milli. »Geh mal näher ran!«

Konrad zeigte das Gesicht in Großaufnahme.

»Da, diese Ohrringe!«, sagte Milli.

»Und diese Augen …«, ergänzte Konrad.

»Das bin *ich*!«

Die junge Frau hatte tatsächlich dieselben Gesichtszüge wie Milli. Und sie trug Yasirs Ohrringe.

Nun sprangen auch die beiden anderen in den Wüstensand, und ihre Statur verriet, dass es zwei Männer waren.

»DA!«, schrie Milli, als der kleinere der beiden sein Gesicht entblößte. Er hatte dunkle Locken, ziemlich viel Bauch und einen Schnurrbart. »Das ist er!« Sie hielt das Foto daneben. »Nur älter … und dicker. *Mein Papa!*« Sie strahlte Konrad an.

Die dritte Gestalt wickelte ebenfalls ihr Tuch ab, und zum Vorschein kam der Kopf eines jungen Mannes.

»Und wer ist der da?«, fragte Konrad.

Milli lachte. »Blöde Frage. Du natürlich!«

»ICH?«

Konrad schaute genau hin. Tatsächlich, er war es selbst. Irgendwie verändert und mit ein paar Bartstoppeln, aber er war es.

In der Kristallkugel war nun zu sehen, wie der ältere Mann

lachte und in die Ferne zeigte, und der Jüngling umarmte die Frau mit den wehenden Locken und küsste sie …

»Ähm …« Konrad spürte plötzlich ein Pochen im Kopf, und das Bild begann augenblicklich zu flackern und erlosch.

»He, ich will sehen, wie es weitergeht!«, protestierte Milli.

Aber sosehr Konrad sich auch bemühte, seine Konzentration war einfach weg.

Milli blickte ihn grinsend an.

»Ich glaub, ich würde gerne mal mit dir verreisen«, flüsterte sie und gab ihm – links, rechts, links – drei arabische Küsse.

»Gute Nacht!« Sie kroch zurück in ihren Schlafsack.

Konrad lag noch eine Weile wach und lauschte auf die Geräusche ringsum.

Unten in ihrer Werkstatt klapperte Arabella mit ihren Töpfen herum – sie arbeitete an einem neuen Wundermittel, von dem sie hoffte, dass es genauso gut funktionieren würde wie *Lingua Magica*.

Das Gepolter klang vertraut, und Konrad spürte, wie sehr er Arabella liebte und dass dies hier sein Zuhause war.

Er schloss die Augen und hörte das Rauschen und Knistern der alten Birke draußen im Garten.

Er hörte Millis gleichmäßigen Atem und das Rasseln ihrer Armreife, als ihre Hand sich bewegte.

Die Deckenbalken der kleinen Dachkammer knarrten im Wind, und über dem Fußende des Bettes hockte Krax auf seiner quietschenden Rabenschaukel und schnarchte und schnaufte wie ein stockbesoffener Piratenkapitän.

Danken möchte ich ...

... Marlies Schnoor, Sabine Tandetzke, Sven Bluhm und meiner Schwester Bea für ihren Zuspruch und Ansporn,
... Susanne Klein fürs erste Lesen mit Lektorinnenblick,
... Holger Müller-Brandes für seine dramaturgischen Tipps,
... Finn für seine Frage nach einem ordentlichen Schluss,
... Eva Jaeschke und Mascha Schwarz für neue Denkanstöße
... und ganz besonders Jörg Müller in Escheburg, der mir beim Entwirren der Handlungsfäden half und viele Anregungen beisteuerte.

Genauso abenteuerlich wie bei Konrad geht es auch bei den Freunden Emma, Sarah, Nucki, Fitze und Torben zu, die ihre Ferien im »Kids-Club« in den Bergen verbringen. Es folgt eine Leseprobe aus Gernot Grickschs Buch *Im Tal der Buchstabennudeln*.

Es klingelte an der Tür. Gleich dreimal hintereinander. Energisch.

Ding-Dong, Ding-Dong, Ding-Dong!

»Sie sind da!«, rief Frau Sondervig und strich ihrer zehnjährigen Tochter Emma eine Haarsträhne aus dem Gesicht. »Denk dran: ein offenes Lächeln, ein kräftiger Händedruck und eine laute Stimme! So kommt man gut durchs Leben!«

Emma nickte seufzend. Diesen Spruch hatte sie schon oft gehört. Ihre Eltern legten unglaublich großen Wert darauf, dass man selbstbewusst durchs Leben ging. Die Leute sollten einem ansehen, dass man an sich glaubte und dass man sich nicht herumschubsen ließ. Dann würde auch niemand auf die Idee kommen, es zu versuchen. Blöd nur, wenn man einfach nicht selbstbewusst war. Wenn man noch so sehr versuchte, einen festen Händedruck und eine laute Stimme zu haben, am Ende aber doch immer nur labbrig sein Pfötchen in die Hand der anderen fallen ließ und einem die Stimme in ein hilfloses Kieksen oder ersticktes Flüstern abrutschte.

Emma war nun mal ein schüchternes und stilles Kind.

Warum konnten ihre Eltern das nicht einfach akzeptieren?

»Lächle doch mal«, sagte ihr Vater. »Ein offenes Lächeln öffnet die Herzen.«

Noch so ein Spruch! Ihre Eltern hatten einen Riesenvorrat davon. Sie kauften ständig Lebenshilfebücher mit Titeln wie »Vertraue dir selbst« und »Keine falsche Bescheidenheit! Du bist top!«. Sie hörten auch oft gemeinsam sogenannte Motivations-CDs. Eine der Discs, die sie besonders oft in den CD-Player schoben, zeigte ein strahlendes Pärchen an einem tropischen Strand. Hinter dem Pärchen ging die Sonne unter – oder vielleicht auch auf, wer weiß das schon? –, und die beiden lächelten so breit und verkrampft, als würde ihnen jemand mit einem unsichtbaren Gummiband die Mundwinkel in die Länge ziehen. Es sah irgendwie schmerzhaft aus, dieses Lächeln. »Leben wie im Paradies – mit Selbstbewusstsein und Willenskraft alles erreichen!« hieß die CD. Manchmal, wenn Emma abends im Bett lag, dröhnte es aus den Lautsprechern im Wohnzimmer bis in ihr Zimmer hoch. Ein Mann, mit einer Stimme so glatt, als hätte er mit Schmierseife gegurgelt, juchzte Sätze heraus wie: »Die Geschichte der Welt ist eine Geschichte der Sieger!«, und: »Nur wer anderen Menschen fest in die Augen schaut, darf erwarten, dass man auch ihm auf Augenhöhe begegnet!«

Emmas Eltern schienen die ganze Welt für einen Wettkampf zu halten. Und sie waren fest entschlossen, ihn zu gewinnen. Auch Emma sollte eine Siegerin sein. Es konnte schließlich nicht angehen, dass strahlende Eltern mit festem Händedruck und kräftiger Stimme ein Kind hatten, das scheu auf den Boden blickte, wenn man es ansprach. Ein Kind, das rot wurde, wenn es in der Schule ein Referat halten sollte.

Emma hätte es dagegen völlig gereicht, wenn man sie bei diesem großen, anstrengenden Lebenswettkampf in Ruhe auf der Zuschauertribüne sitzen ließe. Sie wollte ja gar nichts gewinnen. Sie wollte nur ihre Ruhe und ein bisschen Glück.

Es klingelte schon wieder.

Ding-Dong!

»Ich komme ja schon! Ich komme ja!«, rief Emmas Mutter mit ihrer lauten, kräftigen Gute-Laune-Stimme, während sie durch den Flur eilte. Sie knipste ihr Gewinnerlächeln an, als sie die Tür öffnete … und konnte doch nicht verhindern, dass ihre Kinnlade erstaunt nach unten fiel, als sie sah, wer da vor ihr stand!

Emmas Mutter blickte in die breit grinsenden Gesichter von drei blonden Frauen, die völlig gleich aussahen. Drillinge offenbar. Sie alle trugen bunte japanische Kimonos, die so gar nicht zu ihren hellen Haaren und ihrer auffallend blassen Hautfarbe passten.

»Oh«, war das Einzige, was Emmas Mutter in dem Moment von sich gab. Doch dann sammelte sie sich schnell wieder und streckte entschlossen die Hand aus. »Guten Tag! Schön, dass Sie da sind! Kommen Sie doch herein!«

Die drei Kimonofrauen traten nacheinander ein und Emmas Mutter führte sie ins Wohnzimmer. Dort standen Emma und ihr Vater und schauten die Gäste nicht minder verblüfft an. Was für ein verrückter Anblick! Emmas Vater versuchte, genau wie Mama, nicht erstaunt auszusehen, weil Gewinner sich ja nie aus der Fassung bringen ließen. Er schüttelte allen dreien die Hand und sagte, während er aufs Sofa deutete: »Setzen Sie sich doch, meine Damen!«

Emma dagegen glotzte die drei seltsamen Besucherinnen fassungslos an.

»Huhu!«, winkte eine der drei Frauen Emma zu, nachdem sie auf der Couch Platz genommen hatte. Sie sagte: »Und du musst Emma sein!«

Emma nickte schüchtern.

»Wenn man Emma rückwärts ausspricht, heißt das Amme. Wusstest du das?«, fragte eine der anderen Frauen sie lächelnd.

Natürlich wusste Emma das.

»Amme klingt auch hübsch«, fand eine der Kimonofrauen.

»Wenn man dagegen Sofie-Elisabeth rückwärts ausspricht«, fuhr die Besucherin fort, »klingt das gar nicht schön.«

»Htebasileeifos«, sagte die dritte Frau mit ernster Stimme und nachdenklich den Kopf schüttelnd. »Das ist gar nicht schön. Gar nicht schön.«
Emmas Eltern schauten die drei Frauen verwirrt an. Sie hatten sich die Besucherinnen irgendwie anders vorgestellt.
Jetzt öffnete die dritte Kimonofrau einen kleinen Aktenkoffer, den sie wie aus dem Nichts hervorzuzaubern schien, und holte ein Formular heraus.
»Wir freuen uns so sehr, dass du den Sommer mit uns verbringen wirst, Amme!«, strahlte sie das Mädchen an.
Die Kimonofrau neben ihr kicherte. »Hihi«, grinste sie Emma an. »Sie hat deinen Namen rückwärts ausgesprochen! Hast du's gemerkt?!«
Emma musste auch kichern. Sie hatte nicht erwartet, dass die Frauen so lustig sein würden. Vielleicht würden diese Sommerferien doch nicht so schlimm werden, wie sie befürchtet hatte.
Die Kimonodrillinge waren die Abgesandten der Organisation *Winning Holidays,* eines Ferienklubs, der »Gemeinschaft, Motivation und Power-Fun« versprach. Ihre Eltern hatten diesen Klub ausgesucht, damit Emma Freunde fand. Es war wahrscheinlich das englische Wort *Winning,* das sie so ansprach. Winning heißt gewinnen. Emma sollte in einer Gruppe Gleichaltriger ihren Sommer verbringen, »soziale Kontakte« knüpfen und »das

Miteinander« lernen. Sie sollte, wie Emmas Mutter es ausgedrückt hatte, »endlich aus ihrem Schneckenhaus kriechen«.

Emma grauste vor diesen Ferien, seit ihre Eltern ihr davon erzählt hatten. Niemand hatte sie gefragt, ob sie das überhaupt wollte. Man hatte sie einfach vor vollendete Tatsachen gestellt. Und Emma war sich ziemlich sicher, dass sie keinen Spaß haben würde, in diesen *Winning Holidays*. Sie war nicht nur ein stilles, unsicheres Mädchen, sie war auch noch ziemlich pummelig. Sie fühlte sich verkleidet, wenn ihre Eltern sie in irgendwelche modischen Klamotten steckten, die »man jetzt eben trägt«. Das alles machte sie zur Außenseiterin. Und auch wenn Emma oft pfiffige Sachen dachte und ihr flotte Sprüche und schlagfertige Antworten auf der Zunge lagen, so spuckte sie sie doch nie aus. Niemand wusste, wie clever Emma war, weil sie Angst hatte, es zu zeigen.

Das Beste, was ihr in diesem Urlaub passieren konnte, war, dass man sie in Ruhe ließ. Das Schlimmste war, dass man sie mobbte. So wie in der Schule.

»Unterschreiben Sie hier auf der gepunkteten Linie«, sagte die Kimonofrau und schob Emmas Vater das Formular hin. »Es sind übrigens genau 192 kleine Punkte in der gepunkteten Linie. Ich habe sie gezählt.«

Emmas Eltern lachten artig, weil sie dachten, es wäre ein Scherz. Aber Emma ahnte, dass diese komischen Kimonofrauen wohl tatsächlich die Punkte in gepunkteten Linien zählten. Und womöglich noch ganz andere, weitaus verrücktere Dinge taten.

Emma war sich nicht sicher, ob sie Angst vor den Drillingen haben oder sie cool finden sollte. Auf jeden Fall waren sie spannend und geheimnisvoll.

Nachdem Emmas Vater seine Unterschrift auf die 192 Punkte gekritzelt hatte, erhoben sich alle.

Emmas Mutter umarmte ihre Tochter und flüsterte ihr ins Ohr: »Das wird ein Riesenspaß! Wirst schon sehen. Ich hab dich lieb!« Dann wuschelte ihr Vater ihr durchs Haar und sagte: »Viel Spaß, meine kleine Prinzessin! Ganz, ganz viel Spaß!«

Eine der Kimonofrauen nahm den Koffer, der im Flur stand, dann verließen Emma und ihre Begleiterinnen das Haus. Sie gingen zu einem giftgrünen Kleinbus, der an der Straße parkte. *Winning Holidays* stand darauf in goldener, glitzernder Schrift.

Emmas Eltern blieben im Türrahmen stehen und schauten ihrer Tochter nach, die sich noch einmal umdrehte und ihnen zaghaft zuwinkte. Ihre Eltern bemühten sich um ein aufmunterndes Gewinnerlächeln, doch Emma sah, dass auch ihnen ein wenig mulmig war.

Eine der Kimonofrauen holte den Autoschlüssel hervor und hielt ihn vor Emmas Nase.

»Willst du fahren?«, fragte sie.

Emmas Vater rief von der Tür aus fassungslos: »Was?!?

Sie können doch ein zehnjähriges Kind nicht Auto fahren lassen!!«

Die Kimonofrau lächelte und sagte: »Kleiner Scherz. Haha.« Dann – ohne dass ihre Eltern es sehen konnten – zwinkerte sie Emma zu.

Emma war von sich selbst überrascht, als sie zurückzwinkerte.

Was es mit den merkwürdigen Kimonofrauen auf sich hat und welche anderen Geheimnisse und Rätsel im Ferienklub warten, erfährst du in der Geschichte *Im Tal der Buchstabennudeln*. Viel Spaß beim Lesen!